Gewidmet ist das Buch Andreas Förderer,
dem unermüdlichen Conferencier
im deutsch-französischen Kulturaustausch.

Johannes Hucke, geb. 1966, ist Autor und Projektentwickler. Seine zahlreichen Buchveröffentlichungen umfassen Romane, Lyrik, Weinliteratur und Theaterstücke. Zudem schreibt er für verschiedene Zeitungen und Magazine im Bereich Feuilleton, Weinbau und Gastronomie. Der mehrfach ausgezeichnete Autor war Mitarbeiter der Yehudi-Menuhin-Stiftung Deutschland. Er unterstützt als Diplom-Sozialpädagoge zahlreiche soziale Projekte. Zudem ist er Gastdozent an der Fachhochschule Ludwigshafen und Mitglied der Mannheimer Filmautoren. Als Theaterautor ist er erfolgreich u. a. mit dem Wein-Theaterstück „Kellersequenz“ und „Dessert“. In Lindemanns Bibliothek erschienen: „Kraichgauer Weinlesebuch“ (2. Aufl. 2009), „Rotstich“ (2. Aufl. 2010), „Die Brettener Methode“ (2011), „Frühlingsfahrt“ (2011), „Südpfalz Weinlesebuch“ (2. Aufl. 2010), mit Holger Nicklas die Fußball-Krimis „Strafraum“ (2. Aufl. 2010) und „Totland“ (2010), die Unternehmensgeschichte „Das Beste aber ist das Wasser“ (2010), „Frankfurter Stückchen. Ein Märchen aus der neuen Altstadt“ (2010), „Neckarstadt Western. Der durchgeknallte Mannheim-Roman“ (2010), „Libellen greifen selten zu Labello“ Gedichte (2010), „Bergstraße Weinlesebuch“ (2. Aufl. 2012), „Aqua Asini“ (2012), „Himmelberg“ (2012), „Jagdstern“ (2013), „Das Mesa-Projekt“ (2013), „Cuisine Étoilée“ (2014), „Churfranken Weinlesebuch“ (2014). Außerdem ist er Mitherausgeber der Karlsruher Kindergedichte „Wo ich hingeh, geh ich hin“ (2011).

Johannes Hucke

Die kleinen Hunde

Ein Elsass-Krimi von der Fleckenstein

Lindemanns Bibliothek

Gimbelhof

„Darf ich Sie darauf aufmerksam machen, dass Sie ein Idiot sind?“ Das Gespräch am Tisch unter der Linde nimmt eine unerfreuliche Wendung. Nicht lange hat es gedauert, bis sich „der Neue“, erst am Vormittag zu den Kulturbeauftragten des Club Vosgien aus Sélestat hinzugestoßen, mit dem Vorsitzenden in die Haare gerät. Kein Wunder – beide sind Männer, alle anderen Frauen, acht an der Zahl, also, was soll man machen?

„Oh, meinen Sie?“, entgegnet der Attackierte. Sein Spitzbart vibriert. „Das wäre mir allerdings neu.“

Der Aggressor lässt sich nicht beirren. Die Falten auf seiner hohen Stirn bilden ein gefährliches Dreieck. „Wenn Sie schon das Zeilenabstandsvolumen mit 3,5 beziffern, dann müssen Sie doch wohl auch berücksichtigen, dass ...“

Keiner der anwesenden Damen ist klar, worüber sich die beiden augenblicklich streiten. Es scheint nicht einmal eindeutig, ob es die Kombattanten selber so genau wissen. Das Thema hat mehrfach gewechselt, von Ultraschalluntersuchungen bei Föten über Verfahrenstechniken im Blitzröhrenbau bis zu neuesten Entwicklungen beim Benzinsparen – Hauptsache, man ist unterschiedlicher Auffassung. Entschlossen greift die Schriftführerin des Clubs zur gebräuchlichen Methode. Sie wechselt das Thema.

„Also das ist doch ... Jetzt schauen Sie doch mal!“ Ihrem Fingerzeig folgen neun Augenpaare – über die Wiese, über die goldglänzenden, leise wehenden Bäumchen hinweg bis hinüber zum Wald, dessen Gipfel vom Krappenfelsen überragt werden, einem der zahlreichen sandsteinernen Felsen in der Gegend.

„Oh."

„Der ist aber mutig."

„Mutig? Ich würde sagen: verrückt. Lebensmüde. Untauglich für die Gesellschaft."

„Ach was. Der ist doch angeseilt. Der kommt schon wieder runter."

„Sicher. Nur wie?"

Auch diese Gelegenheit lassen die beiden Streithähne nicht ungenutzt, mit entgegengesetzten Ansichten die Frauen zur Entscheidung zu nötigen, wer denn künftig das Sagen in der Kulturabteilung der Untersektion Sélestat des Club Vosgien haben soll. An einigen anderen Tischen ist man ebenfalls aufmerksam geworden; mehrere Gäste halten Ferngläser vor die Augen oder blinzeln angestrengt. Einer nutzt das Teleobjektiv seiner Kamera.

„Nein. Kein Seil", wendet sich der Fotograf, der ein großes Glas Bockbier und ein Viertelstück Münster mit frischem Weißbrot vor sich stehen hat, an die Schlettstadter Gruppe. „Ich kann es ganz genau erkennen: ein Freeclimber."

„Also das ist doch verrückt!"

„Sag ich ja."

„Selber schuld, wenn er abstürzt. Mir tut er nicht leid."

Auf dem schmalen Rasenplatz vor dem Gimbelhof unweit der Ruine Fleckenstein, der kühnsten Burg der nördlichen Vogesen, sind noch nicht alle Plätze besetzt. Nicht ohne Rührung gedenken die Connaisseurs dieser famosen Ferme Auberge, wenn sie wieder daheim sind, in der Ebene. Dieser Baeckeoffe, dieses Choucroute – unvergesslich! Schon die

Weinkarte, bestückt von einfachem Edelzwicker bis zur exzeptionellen Grand Cru Schoenenbourg des Weinguts Dopff, ist einer weiten Anreise wert. Es ist Vormittag – der strahlendste seit Wochen! Endlich wird die Landschaft wieder von jenem milden Schimmer überglänzt, weswegen so viele Schönheitssucher seit Menschengedenken den Weg hier herauf finden.

Endlich hat sich dieses unzeitige Tief verabschiedet, das von Mitte August bis Anfang September eine unstatthafte Tristesse über die Wälder ausgoss und den Weinjahrgang aufs Schnödeste gefährdete. Umso emsiger scheint jetzt diese feuchtschmelzende Sonne über den Matten zu weben, aufatmend dehnen sich die Wanderer und drehen sich dem Licht zu wie sonderbare, ein wenig aus der Form geratene Urweltpflanzen. Keiner sucht jetzt mehr den Schatten wie noch wenige Wochen zuvor, als das Land am Oberrhein vom Hochsommer in seine Bestandteile zerkocht wurde. Selbst hier oben, wo man doch mit erlösenden Waldesbrisen rechnen sollte, war es kaum mehr auszuhalten, sodass vorübergehend sogar der Gimbelhof weniger frequentiert wurde als zu dieser Jahreszeit üblich.

„Diese Extreme – schrecklich!“, hieß es allenthalben. „Es gibt einfach keine Übergänge mehr ...“

Doch jetzt ist alles wieder gut. Aus vier Richtungen nähern sich die Ausflügler zu Fuß und in Cabrios, auf Mountainbikes und in Reisebussen, vollbesetzt mit nervösen Schulkindern. Diese freilich haben die Ruine Fleckenstein zum Ziel; ihre sensationshungrige Fantasie soll nicht enttäuscht werden. Sogar am Tisch der konkurrierenden Vogesen-Kenner wird mit der nächsten Flasche Auxerrois ein Separatfrieden geschlossen. Man hat jetzt schließlich etwas zu tun: offenen Munds diesen

Waghalsigen bestaunen, der da drüben am Felsen seinem riskanten Hobby nachgeht. – Für Außenstehende ist es schier unbegreiflich, wie ein Menschlein, das doch – wie alle anderen auch – nur zwei Arme und Beine aufweist, so unerschrocken und griffsicher an einer Steilwand wie dem Krappenfelsen emporzuklimmen vermag. Nur selten, sehr selten ein Verweilen, dann geht es schon wieder weiter, hurtig hinauf, wie gezogen von einer aus der Höhe wirksamen Macht. Am genauesten sieht der Mann mit dem Teleobjektiv: Durchtrainiert ist dieser Bursche da drüben, oh ja! Die Rückenmuskulatur gibt ein Schauspiel wie ein von kräftigem Wind aufgewühltes Meer. Ach, so müsste man noch einmal beieinander sein, so kraftvoll, so viril ... Das halblange braune Haar ist schweißgetränkt. An der hellroten Bermudahose baumeln Karabinerhaken. Doch die kommen nicht zum Einsatz. Nur mit Fingern und Zehen arbeitet sich der jugendliche Held von Ritz zu Ritz, von Zacken zu Zacken. Mitunter blickt er nach droben – da hat er schon die nächste Gelegenheit zuzugreifen erspäht, und unbezwingbar langt der Arm höher, findet die Hand die einzige richtige Stelle.

Die doppelt zufriedenen Gäste auf der Terrasse des Gimbelhofs, denen sich zusätzlich zum köstlichen kulinarischen Angebot dieses Kletter-Spektakel darbietet, werden abgelenkt durch eine weitere unerwartete Szene, deren Liebreiz beträchtlich ist, allerdings ein wenig gestört wird durch skurrile Hektik, ängstliches Gebell und schrilles Schimpfen. Den Weg durch die Wiesen, am mit keltisch anmutenden Skulpturen verzierten Spielplatz entlang, kommt eine junge Frau gestapft, zwei winselnde Hunde an der Leine, zu denen sie sich in kurzen Abständen umwendet oder hinunterbeugt und auf sie einschreit. Sie trägt ein durchaus unpuritanisches Sommerkleidchen, auch ihre hohen Schuhe wollen nicht so recht in das modisch von Wanderkluft und Outdoor-Schick dominierte Waldgebiet passen. Wild flattern ihre langen Locken um die grazile Physiognomie.

Kontrollierend wandern die Blicke der Damen an den Tischen zu den Augen der Herren hinüber: Eindeutig, dieses Wesen ist eine Provokation. So fällt die Reaktion des Publikums denn auch polarisiert aus. Während bei den Herren etwas aufleuchtet, was man vorsichtig als erfreut, belustigt, fasziniert bezeichnen könnte, verrät die Mimik der Frauen tiefste Missbilligung, Aufgestörtsein, da und dort sogar spontane Kampfeslust. Es ist dieses uralte wirkungsvolle Duett sehr hellblauer Augen mit tiefdunkelbraunen Haaren, das die Genießer auf der Terrasse verstummen macht, als sich das Mädchen, die kleinen Mischlingshunde beständig mit Ermahnungen traktierend, an einem freien Tischchen, ein gutes Stück von den anderen entfernt, niederlässt. Zwischendurch nimmt sie mal den einen, mal den anderen Hund auf ihren Schoß, streichelt und küsst ihn, um ihn sogleich wieder abzusetzen und von Neuem als unfolgsam und überhaupt komplett ekelerregend zu diffamieren. Amüsiert nähert sich die Bedienung, nimmt die Bestellung auf – und bringt ein Achtel vom Pinot Noir. Die Erzürnte bezahlt sogleich. Sie stürzt das Glas hinunter, steht auf, reißt an der Leine und stampft den Wiesenweg, den sie vor wenigen Minuten herabgestiegen war, wieder hinauf.

Die Leute auf der Terrasse sehen einander an. Manche schütteln den Kopf; die meisten aber brechen in ein Gelächter aus, das durchaus nicht nur der Absurdität des Zwischenfalls geschuldet ist, sondern, zumal bei einigen Herren, vielleicht viel mehr der Verwirrung, einem solch qualvoll süßen Anblick überirdischer Schönheit ausgesetzt gewesen zu sein.

„Wo ist denn unser Kletterer hin?"

Wiederum ist es die Schriftführerin der Kulturabteilung aus Sélestat, die Aufmerksamkeit für ihre Beobachtungen erheischt. Noch einmal wenden sich sämtliche Blicke dem Krappenfelsen zu, der, nunmehr kahl, schroff, ohne rothosigen Kletterer, sein Gestein wider den Vormittagshimmel stemmt.

„Das gibt's doch nicht! Ist er vielleicht ..."

„Abgestürzt, meinen Sie? Auszuschließen ist es nicht. Man hört ja immer wieder ..."

„Aber das wäre ja furchtbar!"

„Dass wir so etwas miterleben müssen!"

Nach und nach einigt man sich vorderhand, dass während der Zeit, als dieses aufgedrehte Ding mit seinem temperamentvollen, andere sagen panischen Verhalten die Beobachtung des Sportlers unterbrach, der junge Mann eben wieder herabgeklettert sein müsse – andernfalls würde man ja später aus der Zeitung oder aus dem Radio erfahren, dass etwas passiert wäre.

„Diese Jungs, die wissen schon, was sie tun", besänftigt der Kulturreisende, dem es zuvor so eifrig darum zu tun war, seinen neuen Konkurrenten bloßzustellen, die Umsitzenden.

Sogar sein wehrhaftes Opfer pflichtet ihm bei, offensichtlich zufrieden, den Kampf für den Moment nicht fortführen zu müssen: „Ja, man glaubt es kaum. Da passiert viel seltener was als beim Autofahren, zum Beispiel."

Die auf allen denkbaren Wissensgebieten hochkompetenten Herren sollen nicht recht behalten. Keine Stunde später geht ein Anruf bei der Polizeidienststelle in Lembach ein: Die aufgeregte Frau im Sommerkleidchen, Arlette Choquet, meldet ihren Freund als vermisst. Lennart von der Aue, Student der Philosophie, Theologie und Kunstgeschichte in Strasbourg, sei ihr während einer Klettertour abhandengekommen. Was der diensthabende Beamte zwischen Geschluchz und Gebell zu vernehmen vermag, ist der merkwürdige Tatbestand, dass der Felskletterer, wiewohl offenbar heruntergefallen, am Fuße des Felsens nirgendwo zu finden sei. Im sachlichen Ton eines Vernehmungsbeamten befragt er die Weinende, ob ihr Partner denn angeseilt gewesen sei. Da kommt er bei der Verzweifelten aber schlecht an.

„Ich bitte Sie! Was glauben Sie denn? Dass er ein Weichling ist, ein Versager, ein Angsthase? Lennart würde niemals an Seilen herumhangeln, Lennart ist ein Kletterer, verstehen Sie? Lennart ist ein Mann. Und Sie sind ein Spinner."

Die Beleidigung bleibt ohne Folgen – so wie bedauerlicherweise auch der Einsatz von zweimal zwei Polizisten am Krappenfelsen. Im Verlauf des Nachmittags rückt ein komplettes Team von der Spurensuche an, inspiziert das Gelände unterhalb, turnt an der Steilwand entlang. Nichts. Kein Lennart. Keine Hinweise auf einen Absturz. Behutsam nähert sich Gilbert Kropf, der Einsatzleiter, der inzwischen verstummten Freundin des Vermissten, die auf einem Stein in der Nähe eines Waldbachs Platz genommen hat und zu Boden starrt, ohne Unterlass ihre dunklen Locken zwischen den Fingern zwirbelnd. Neben ihr liegen die beiden Hündchen, immer noch hechelnd, doch deutlich ruhiger, seit sie minutenlang kaltes Quellwasser in sich hineingeschlabbert haben.

„Was ist denn passiert?". Kropf räuspert sich zweimal. Er bekommt keine Antwort.

„Kann es sein," legt er nach, „dass Sie sich gestritten haben? Sie und ihr Freund?"

„Wir streiten uns immer", gibt Arlette zur Auskunft, ohne aufzublicken. Als sie schließlich doch ihre Augen öffnet und den Polizisten ansieht, reagiert dieser ausgesprochen unprofessionell. Gilbert Kropf hofft vergeblich, dass er nicht rot geworden ist; nein, so viel Charme auf einmal, das hat er hier, mitten im Wald, denn doch nicht erwartet.

Er zwingt sich, so gut es geht, nicht auf diese entsetzlich langen bloßen Beine zu starren, als er die nächste Frage stellt: „Aber kann es nicht sein, dass er einfach weggegangen ist, aus Ärger?"

„Nein, das kann nicht sein."

„Und warum, wenn ich fragen darf?"

„Weil Lennart kein Feigling ist. Das hab ich dem anderen Schwachkopf schon gesagt. Weil er mich nie alleine lassen würde, verstehen Sie?"

„Ja aber, Mademoiselle – wo ist er denn hin?"

Arlette richtet sich auf. Dem Beamten läuft es heiß den Rücken hinunter. Notgedrungen heftet er seinen Blick auf einen dieser bekloppten Hunde, der sich immer wieder schmatzend in sein eigenes Fell beißt.

„Er ist noch da. In dem Felsen."

„In dem Felsen. So. Und wie ist er da hineingekommen? Ich sehe keine Tür, Mademoiselle."

„Sie müssen nicht so mit mir reden." Arlette bekommt wieder diesen giftigen Ausdruck in die Augen. „Sie haben doch keine Ahnung! Wenn Lennart in den Felsen will, dann schafft er das. Verstehen Sie?"

„Ehrlich gesagt", kratzt sich Kropf unter der Dienstmütze, „noch nicht so ganz. Aber vielleicht geben Sie sich ja die Ehre und erklären es mir."

Eine Wolke genügt. Schon ändert sich das Bild, die Stimmung. Das warme Rot verschwindet – übrig bleibt Felsgestein, nichts weiter. Es wirkt nur noch grau, nüchtern, abweisend. Hat überhaupt nichts mehr von diesem abendroten Glimmen wie noch eben aus der Ferne. Wie viele Wanderer haben das schon erleben müssen: ein Ausflug zu einem dieser spektakulären Sandsteinfelsen im Wasgau. Hurra, welche Freude! Bereits der Hinweg ist herrlich, durch duftige Wälder, immer in der Erwartung: Wann taucht er auf? Die Familie schwatzt, man freut sich, endlich einmal ohne Zeitdruck beieinander zu sein. Vor allem freut man sich aufs Picknick. Und dann ist man schließlich da, und diese blöde Wolke, die nicht weichen will, verdirbt alles.

„Papa, so schön ist der Felsen gar nicht, wie du gesagt hast!"

„Genau, und man kann gar nicht klettern! Man kommt gar nirgends rauf!"

Nach und nach macht sich eine gewisse Beklemmung breit; so nah an diesem steinernen Ungetüm, das einfach seine Farbe nicht wiederbekommen will, möchte niemand lange bleiben. Die Familie sitzt noch ein Weile stumm beisammen. Dann packt man zusammen und zieht weiter, an einen hoffentlich lieblicheren Ort. Die Kinder motzen noch bis zum Auto, indes sich der Himmel über dem Ausflugsziel hämisch wieder lichtet. – Viel schlimmer ist es bei Regen. Verliebte Paare, die sich hierher geflüchtet haben, in der Hoffnung, sich im Trockenen aneinander kuscheln zu können, werden ihrer Gesellschaft nicht froh. Bald lassen sie sich los. Sehen sich um. Bekommen misstrauische Mienen.

„Hier riecht es aber komisch."

Schon fangen sie an zu zanken. Die steinerne Vorwölbung zwischen den Bäumen, die von Weitem so einladend und schützend ausgesehen hat, wirkt aus der Nähe nur unwirtlich.

„Du wirst dich doch wohl nicht nassregnen lassen wollen?"

„Jetzt bleib doch mal hier!"

„Ich will aber gehen, es ist unheimlich."

„Angsthase! Komm zurück!"

Aber sie lässt sich nicht aufhalten. Lieber riskiert sie eine Erkältung oder Schlimmeres. Und dass ihr Liebster sie unbedingt zurückhalten wollte an diesem muffigen, feindseligen Ort, das wird sie ihm später noch heimzahlen. Durch böse Laune. Bis morgen früh. Mindestens.

Am übelsten freilich treffen es Verirrte, Verfolgte, Einsame, die in der Nacht zu einem dieser ungastlichen Felsgiganten kommen. Empfindsame aller Zeiten wussten sofort, dass hier nicht gut sein ist – sie hasteten lieber weiter, wohin auch immer. Andere, die entgegen ihrem ursprünglichen Gefühl das Gastrecht erzwingen wollten, brachten in den scharfkantigen Ausbuchtungen, unter den Felsnasen, in ausgeschwemmten Trichtern angstvolle Nächte zu. Zahllose Berichte sind erhalten über sonderbare Erscheinungen und schreckliche Vorkommnisse. Und alle diese Zeugenaussagen und Legenden und Erzählungen speisen sich aus diesem einen kaum zu verscheuchenden Gefühl, wenn es sich einmal eingenistet hat: Angst, unnennbare Angst.

Die Felsen ... Jahrhunderte, bevor talentlose Reiseschriftsteller Behelfsvokabeln wie „malerisch" oder „pittoresk" gebrauchten, lange bevor gewalttätige Rittergeschlechter ihre Burgen auf diese gezackten Abszesse der Erde türmten, waren sich die Bewohner dieser Gegend einig, dass es sich um Dämonen handelt, menschenfressende Vorzeitwesen, die einst auf ihrem Weg durch die Wildnis hier stehengeblieben waren ... und jeden Augenblick weiterschreiten können, um ihre ursprüngliche Tätigkeit wieder aufzunehmen: das Verschlingen von Mensch und Tier. Und tatsächlich, wenn man im Schatten oder bei Regen oder bei Nacht genau hinsieht, erkennt man die Schnäbel, die Mäuler und aufgerissenen Augen, sieht man mit Schrecken die erstarrte Geste: Ich krieg dich doch! Konnte man im Sonnenlicht wirklich so naiv sein und diese Zeichen übersehen? Wie überall üblich, wo bizarre Gesteinsformationen die Fantasie anheizen, frönten längst vergessene Völker auch hierorts mitleidlosen Kulten, opferten unberechenbaren Erdgottheiten. Da und dort – die Wissenschaft ist sich nicht immer einig – deuten Vertiefungen im Stein auf „rituelle Aktivitäten" hin. Manch einer erkennt Hinrichtungsblöcke, Sammelbecken und Ablaufrinnen – für was wohl? Doch die Hypothesen der Historiker, wann, von wem und auf welche Weise Opfer dargebracht wurden, haben sich ebenfalls längst verselbstständigt und ihrerseits neue Geschichten hervorgebracht, die jede Generation anders begreift.

Die großartige Neutralität der Forschung verweist auf praktische Gründe, gar auf Imponiergehabe der niederen Adelsgeschlechter im Unterelsass. Was zu derart gewagten technischen Höchstleistungen, herausfordernden Unternehmungen wie dem Burgenbau auf an sich schon höchst gefahrvollen Felsvorsprüngen geführt habe, sei allemal militärtechnisch begründbar. Welch ein Unsinn! Wasigenstein, Schöneck, Fleckenstein, drüben im Pfälzischen der Berwartstein, die Dahner Schlösser, der Drachenstein ... allesamt Manifestationen der Angst, der Panik, die groteske Formen angenommen hat. Nirgendwo war man sicher vor seinesgleichen, schon gar nicht abgeschottet im Wald, preisgegeben den Elementen. Wie sehen sie denn aus, diese ach so stolzen Festungen? Es sind Ruinen! Selbst wenn einige das Mittelalter überdauert haben und erst im Zeitalter der Kanonen auseinanderbarsten, so haben diese Stätten doch vorher genug Entsetzliches gesehen. Folter und Verschmachten in lichtlosen Verliesen, Epidemien und Blutgerichte, Belagerungen, die Monate andauerten, während die verzweifelte Besatzung zum Kannibalismus überging.

Es ist auffällig, wie viele Sagen und Märchen aus dem Grenzland vom Äußersten, vom Letzten zeugen, wozu Menschen verkommen können ... Von wilden Männern, aus der Gesellschaft weggejagten Frauen, die in den Wäldern, unter Tieren lebend, nach und nach selber vertierten und Jagd machten auf die wenigen Reisenden, die sich in dieses Land der Gesetzlosigkeit vorwagten, um ihr Fleisch vom Skelett abzuschaben und roh zu genießen. Denn das Gesetz gab es nur innerhalb der Mauern, in den Marktflecken der Rheinebene, den weit verstreuten Siedeleien, die sich um einige der größeren Wehrkirchen scharten. Hier draußen war das Grauen, das Nichts der Kultur, der mit den finstersten Mitteln geführte Überlebenskampf. Selbst der sogenannte Schleichhandel, der bis in die jüngste Zeit virulente Schmuggel über die zugewucherte Grenze, in Liedern und Rührstücken romantisiert, bedeutete im Zweifelsfall beständige Furcht vorm Entdecktwerden, Herzenspein um den Sohn, den Geliebten, der das Wagnis auf sich nahm, nur dieses eine Mal noch, dann nie wieder ... und schließlich doch nicht mehr heimkehrte. Auch das Verbrechen, das Übertreten der Handelsgesetze gehörte allezeit zu den Versuchen, in denen sich das Bestreben ausdrückt, trotz aller Widrigkeiten nicht unterzugehen, nicht aufzugeben, im Zweifelsfall: nicht zu verhungern. Üble Allianzen,

Treuebündnisse auf Gedeih und Verderb zwischen verfeindeten Sippen, gar zwischen Verfolgern und Verfolgten, zeitigten manch geheimen Ehrencodex, dessen Nichtachtung grausam geahndet wurde.

Treffpunkte, Orientierungsmarken der Banden waren diese Felsen im Wald, nicht die bedeutenden, die von Burgen gekrönten, sondern die versteckten, die nicht einmal allen Einheimischen bekannt waren. Auch hier geht die Mär von vergrabenen Beutestücken – das bleibt bei dieser Thematik niemals aus. Gefunden hat keiner was, zumindest nichts, was offiziell geworden wäre. Vom Krappenfelsen ist wenig überliefert; für die einen stand er wohl zu nahe am Fleckenstein, war allzu gut einsehbar und rasch erreichbar vom Tal aus; den anderen, unterwegs zur imposantesten aller Ruinen, mochte er doch recht unauffällig, geradezu vernachlässigbar erscheinen ... bis irgendwann die neue Zunft der Sportkletterer seine Vorzüge für sich entdeckte.

Wie alle Wasgau-Felsen wirkt auch der Krappenfelsen in der Dunkelheit Furcht einflößend und abweisend. Dessen ungeachtet, hält eine junge Frau heute Nacht dort Wache, begleitet von zwei Hündchen, deren Anwesenheit nicht unbedingt zu ihrer Sicherheit beiträgt. Arlette hat einfach keine Lösung, wo sie die beiden Kläffer sonst lassen sollte. Dabei sind es gar nicht die ihren; gut, anfangs, als Lennart die Welpen angeschleppt hatte, fand sie die Tierchen natürlich süß und küsste sie häufig auf den Kopf. Mittlerweile würde sie die Viecher am liebsten irgendwo einbuddeln. Den Typen von der Polizei gegenüber hat Arlette behauptet, ihre Mutter würde sie abholen. Sie wolle nach Hause fahren, ausschlafen und morgen vielleicht wiederkommen. Ihre Mutter – was für ein

Witz! Wenn die wüsste, dass ihre durchgeknallte Tochter die Nacht im Wald verbringt, in dem Wahn, jeden Augenblick müsse ihr dieser nichtsnutzige Liebhaber, dieser deutsche Student mit dem Adelsnamen direktemang aus dem Felsen heraus in die Arme laufen, dann würde sie wieder einmal ihre dünn gemalten Augenbrauen hochziehen und losmeckern: „Ach, man muss sie lassen. Sie war schon immer so: bockig und unverständig. Ein verwöhntes Ding. Aber das ist ganz gewiss nicht meine Schuld."

Caves de Cléebourg

„Begrabt mein Herz an der Biegung der Theke ... Leider gut. Fällt mir jedes Mal ein, wenn ich hier bin. Stammt aber nicht von mir. Dean Martin, glaub ich."

„Der Spruch ist mir bekannt. Darf ich mich jetzt wieder auf den Pinot konzentrieren?"

Der Kontaktversuch des mittelblonden, noch recht jugendlich wirkenden Endvierzigers mit der um ein paar Jahre älteren Dame im strengen Kostüm in Waidmannsgrün scheint gescheitert. An der Probiertheke der Coopérative de Cléebourg stehen sie seit einer halben Stunde nebeneinander und süffeln sich durchs Angebot. Schweigend.

„Diese Nordelsässer", beginnt der redselige Deutsche von Neuem, ungeachtet der enervierten Miene der anderen, „werden doch immer noch unterschätzt. Nicht zu glauben. Alle Welt schreit: Riquewihr! Kaysersberg! Und so weiter. Aber was die Coopérative hier oben leistet, das schafft in Deutschland kaum eine Genossenschaft."

Als sich der Begeisterte langsam wieder der Preisliste zuwendet, offensichtlich resigniert, an dieser Stelle noch ein paar Fachsimpeleien austauschen zu können, lässt sich die dunkelhaarige Französin doch noch herab, ein paar freundliche Worte zu äußern: „Ihr Französisch ist ausgezeichnet. Die meisten geben sich nicht mal Mühe, Bonjour zu sagen, wenn sie ins Elsass kommen."

„Oh, das ist nicht mein Verdienst", wehrt der Deutsche ab. „Meine Mutter hat mich gequält, bis ich es einigermaßen konnte. Sprachreisen, Französisch-AGs, Sonderschichten, immer noch eins drauf. Schließlich zwei Semester in Montpellier. Wenn man's dann nicht kann, sollte man wohl zu Hause bleiben."

„Sehen Sie, es hat sich gelohnt."

„Montpellier? Ja. Der Mädchen wegen! Ein Traum. Nein, meine Mutter fand, ohne Französisch – keine Kultur."

„Womit sie zweifellos recht hat." Die Dunkelhaarige blickt auf, um die Ernsthaftigkeit des Kompliments zu überprüfen.

Doch ihr Gesprächspartner schaut indifferent. Den Ausgießer nutzt er nie; er leert die Probiergläser bis zur Neige. „Naja. Ich weiß nicht. Kultur? Glaube nicht, dass es so was noch gibt. Zumindest nicht in dem Sinn von früher. In Polynesien hat's Dialekte, die sind allen europäischen Sprachen an Komplexität, Präzision und Flexibilität weit überlegen. Das wissen wir nur nicht und bilden uns was auf unser Gestotter ein. Einen Begriff für Hybris haben die wahrscheinlich gar nicht. Das ist halt Abendland."

„Polynesien ..." Pikiert leert die Französin das Glas in den Ausgießer. Es soll ihr letztes Wort zu dieser Angelegenheit sein. Doch in dem Augenblick streckt ihr der selbst erklärte Kenner fernöstlicher Dialekte die Hand hin: „Justus Lieberstein. Entschuldigen Sie, ich wollte Sie vorher nicht stören, Sie waren so vertieft. Ich hab Sie oben schon gesehen, auf dem Gimbelhof."

„So? Martine Rouauld. Sie sind mir nicht aufgefallen, da oben."

„Ach, kein Problem. Ich saß nur auf der Terrasse. Wirklich hübsch da, schöner geht's nicht. Ich konnte Sie aus der Ferne sehen. Sie sind rübergegangen, zum Krappenfelsen."

Martine sieht zweimal von der Preisliste auf. „Aha. Das haben Sie also bemerkt."

„Ja, habe ich. Könnte es sein, Madame, dass wir beide mit dieser mysteriösen Örtlichkeit ... äh, dienstlich zu tun haben?"

„Mysteriös? Ich wüsste nicht, warum."

„Nun. Nicht überall verschwinden junge Männer, einfach so."

„Gut." Martine hat die Spielereien satt. Sie blickt ihrem Gegenüber direkt ins Gesicht. „Was ist los? Sie sind mir doch nicht nachgefahren, bis nach Cléebourg, nicht wahr?"

„Um Gottes Willen, nein!" Lieberstein hebt die Hände. „Wie käme ich dazu? Ich bin hier Stammgast, seit über zwanzig Jahren. Als ich vorhin mein Fahrrad abgestellt hab, da sind Sie gerade reingegangen. Und da dacht ich mir, na ja, irgendwann lernen wir uns ja sowieso kennen, da nutz ich doch gleich mal die Gelegenheit."

Rouauld schweigt. Diese Rollenverteilung ist ihr unangenehm. Normalerweise legt sie größten Wert darauf, selbst einen Wissensvorsprung zu behaupten.

„Madame von der Aue hat Sie beauftragt, stimmt's? Wir sind also Kollegen, ja? Ich arbeite im Auftrag des Vaters."

„Kollegen? Ich bewundere Ihre Offenheit." Die Überraschte blickt an Lieberstein herunter. Ein sportlicher Typ, gut erhalten, das muss man ihm lassen. Unwillkürlich stellt sich Martine gerade. „Es spricht durchaus für Sie, dass Sie das so schnell erkannt haben."

Justus Lieberstein zuckt mit den Schultern. „Ach was, Sie hätten genauso schnell geschaltet, denk ich mir. Hat Ihnen Frau von der Aue nicht gesagt, dass ihr Ex-Mann ebenfalls einen Privatermittler engagiert?"

„Nein."

„Sehen Sie! Männer sind doch die offeneren Menschen. Nicht so berechnend, nicht so vom Kalkül geprägt, stimmt's? Verzeihen Sie, meine Mutter sagt das immer: Bei Frauen existieren nicht diese spießigen Kategorien Lüge und Wahrheit; es geht schließlich um den Nutzen. Sehen Sie, Hagen von der Aue hat mich sofort ins Vertrauen gezogen: Passen Sie auf, hat er zu mir gesagt, meine Ehemalige, die verdammte Hure, die wird auf der Stelle eine Ihrer entsetzlich akkuraten Kolleginnen aus Frankreich verpflichten.

„Entsetzlich akkurat –."

„Allein schon, um noch mehr von meinem Geld ausgeben zu können."

„Madame von der Aue geht einer selbstständigen Beschäftigung nach. Auf das Geld ihres ehemaligen Ehemanns ist sie meines Wissens ..."

„Sie glauben doch nicht, dass diese winzige Boutique genug für einen derartigen Lebensstil abwirft? Aber ich greife vor."

Verärgert stemmt Martine die Hände gegen den Tresen. Doch bevor sie einen Disput vom Zaun brechen kann, schaltet sich ein Dritter ins Gespräch ein. Frédéric Orth, Chef der Caves de Cléebourg, kommt seinen Pflichten als Gastgeber schwungvoll nach:

„Darf es noch etwas sein, die Dame, der Herr? Haben Sie schon den Pinot Gris von der Confrérie probiert?"

„Oh ja! Ich meine: Oh nein!" In der Sekunde richtet Lieberstein seine volle Aufmerksamkeit auf die verheißungsvolle Flûte in der Hand des obersten Winzers – und vergisst dabei vollständig, der Dame den Vortritt zu lassen. „Aber das passt ganz gut, denke ich. Eben hatte ich die Cuvée Prestige, von derselben Sorte."

„Ah, dann ziehen wir vielleicht noch zwei andere vor, warten Sie ..." Einem virtuosen Glasharfenspieler gleich streicht Orth mit der Rechten über die vielen, vielen Flaschenhälse in der Kühlung hin, bis er zwei Bouteillen herausgreift, eine „Huettgass" und einen „Brandhof". Liebersteins Glas erglüht abendgolden, als der konzentrierte Pinot Gris hineinfließt.

„Für Sie auch, Madame?" Frédéric Orth wendet sich an Rouauld, deren Gedanken noch bei dieser Indezenz, dieser Unverschämtheit verweilen, die ihrer Auftraggeberin galt. Doch schon setzt sich die allem Guten und Besten zugewandte natürliche Wesensart der in Lyon geborenen Feinschmeckerin durch. Noch bevor sie über das Angebot nachdenken kann, antwortet sie schon.

„Selbstverständlich."

Liebersteins Reise

Kaum zwei Tage, nachdem mehrere offizielle Untersuchungsbeauftragte, darunter Spezialisten aus Paris, den Fall am Krappenfelsen unter die Lupe genommen hatten, wurde das einstweilige Ergebnis bekannt gegeben: „Der offenbar hochsensible, psychisch labile Lennart von der Aue, Student in Strasbourg, scheint aus der extrem nervenaufreibenden Beziehung zu der Studentin Arlette Choquet, ebenfalls Strasbourg, nach einer Auseinandersetzung bei Lembach, in der Nähe des Gimbelhofs, in die Wälder geflohen zu sein. Wie es in solchen Fällen des Öfteren vorkommt, ist der Betreffende untergetaucht und kann derzeit nicht kontaktiert werden. Die örtlichen Polizeidienststellen werden gebeten, weiterhin Aufmerksamkeit walten zu lassen und entsprechende Nachrichten unverzüglich weiterzuleiten. Eine schwere physische Beeinträchtigung infolge einer missglückten sportiven Aktion am Krappenfelsen kann ausgeschlossen werden."

Die Mutter des Vermissten, Véronique von der Aue, eine gebürtige Mouron, fasste das Geschehen mit dem ihr eigenen Gleichmut auf. „Junge Leute ...", sagte sie zu einer Freundin, die bei ihr zum Aperitif unweit vom Invalidendom weilte – und schien Erlebnissen aus der Zeit nachzuhängen, als sie selbst in Lennarts Alter war. Mehr äußerte sie nicht; jedoch beauftragte sie schon am Tag darauf ihren Lieblingsanwalt, „entsprechende Schritte" einzuleiten. Welche das sein sollten, überließ sie dem fürstlich bezahlten Rechtsgelehrten. Immerhin hatte sich Madame von der Aue noch um die geräumige

Pariser Innenstadtwohnung, ein wenig zufriedenstellendes Landhaus (ohne Park!), ihre Boutique und um eine minderjährige Tochter aus einer Beziehung mit einem belgischen Industriellen zu kümmern. In den letzten Jahren war das Verhältnis zwischen Mutter und Sohn deutlich abgekühlt; Lennart behauptete, nur in seinen ersten drei Lebensjahren so etwas wie mütterliche Liebe empfangen zu haben, „als ich noch putzig war und vorzeigbar". Véronique schweigt gewöhnlich zu dem Vorwurf. Ihrer Auffassung nach leidet Lennart von jeher unter Selbstüberschätzung, demzufolge Wirklichkeitsverlust, demzufolge mangelnder Kontaktfähigkeit.

Vor Wichtigkeit vibrierend, tauchte Lennarts Vater bereits am Tag nach dem vermeintlichen Unglück im nördlichen Elsass auf, sprach kurz mit Arlette (er schätzte die Freundinnen seines Sohnes sehr und beglückwünschte ihn regelmäßig), wandte sich an die ermittelnden Beamten ... und rauschte wieder davon. Justus Lieberstein war ihm empfohlen worden von einem langjährigen Freund im Lions Club zu Düsseldorf. Zwei Telefonate hatten genügt, den als zielstrebig und zupackend geschilderten Privatermittler so weit zu instruieren, dass dieser tätig werden konnte. Seitdem gelang es Lieberstein nicht mehr, seinen Auftraggeber zu erreichen. Geschäftsreise vermutlich, dachte der Beauftragte und schüttelte den Kopf. Zwar hatte er selbst keine Kinder, scheute jede langfristige Beziehung, doch hegte er Sympathie für Leute, die so etwas auf sich nahmen und mit Ernst und Liebe ihr Elternamt versahen. Die von der Aues schienen nicht dazuzugehören.

Nein, für Justus Lieberstein bestand und besteht das Leben aus einer Aneinanderreihung glückstrahlender Ereignisse, die von familiären Verpflichtungen nimmermehr beeinträchtigt werden dürfen – seine Mutter ausgenommen, die er allmonatlich in ihrem Reihenhaus in Bergisch-Gladbach zu besuchen pflegt. Nur einmal, ein einziges Mal war er unglücklich: während seiner Verlobungszeit. Das Problem war, dass er das Mädchen damals lieb hatte, nicht jedoch ihre Anhänglichkeit. Als sie damit drohte, sich von einem Hochhaus zu stürzen, falls er sie nicht augenblicklich heirate, war Justus so schockiert, dass er nur ein knappes „Bitte" herausbrachte. Eigentlich hatte er darum bitten wollen, Francesca solle ihr junges Leben auf alle Fälle schonen, doch sie nahm die Reaktion als Inbegriff männlicher Kälte, als Aufforderung zum Suizid, gewann dadurch ihren Stolz und ihre Handlungsfähigkeit zurück und verließ ihn unter Fausthieben gegen seinen Brustkasten auf der Stelle – nicht ohne die Geschichte im Freundes- und Verwandtenkreis weitläufig herumzuerzählen. Seitdem hieß Justus Lieberstein bei einigen Kumpels nur noch „der Hochhaus-Mörder". Doch das war Geschichte, wurde nur noch zu später Stunde in irgendeiner Duisburger Kneipe hervorgezerrt. Ein paar unfreundliche Briefe, ein von kraftvollen Wutattacken begleiteter Wohnungswechsel, dann war er frei, für immer! Welch ein Genuss!

Eine Schwierigkeit allerdings trat damals auf. Solange es Francesca gegeben hatte, wusste er, dass er sein Studium der Romanistik zu Ende führen würde; was sollte er nun stattdessen tun? Die Lösung war männlich-fantasielos, er ging zum Militär. Schon während der Grundausbildung begann Justus, sich für Spezialeinheiten zu interessieren. Sensationell, was die Jungs so draufhatten! Er trainierte, mehr als er sich selber je zugetraut hatte, und bestand die an und für sich unbestehbare Aufnahmeprüfung zum „Kommando Spezialkräfte". Einen Heldenkörper hatte er sich damals angeschafft, von dem heute immerhin noch vorzeigbare Reste existieren. Doch die Langeweile, der Drill, die dröge Regelmäßigkeit des Alltags unter seinesgleichen gingen ihm bald auf den Geist. Nach nur zweieinhalb Jahren ließ er sich vom KSK „laisieren". Über einen Kumpan aus Studientagen gelang der Einstieg in eine Düsseldorfer Detektei; auch nicht gerade das Abenteuer schlechthin, doch die einigermaßen geregelten Arbeitszeiten kamen ihm zupass, seinen Freizeitneigungen nachzugehen. Die hatten es in sich.

Wenn die Zeit mit Francesca ihn eines gelehrt hatte, so war es der Zugang ins Reich der guten Küche. „Du liebst mich nur wegen meiner Pasta", hatte sie dann und wann gemosert. „Nein, mein Goldhase", war dann ungefähr seine Antwort, „auch wegen deiner Polenta. Und deiner ..." Aber weiter kam er nicht. Musste man so deutlich über 20 werden, um zu erfahren, dass Nahrungsaufnahme eine Sache der Hochkultur war und nicht das Nebenbei-Erledigen eines dringenden Bedürfnisses? Oh ja, es gab auf einmal mehr als Bouletten und Bratwurst! Justus zeigte sich gelehrig. Er war nicht fleißig, aber aufmerksam. Auch bewies er durchaus eine sensorische Begabung, welche – Francesca sah das ungern ein – die seiner Partnerin überstieg. Nachdem er wieder sorgenfrei lebte, schien es zunächst, als ob er, wie so viele Burschen, zurückfalle in das vorzivilisatorische Stadium des Schnellfress-Prolls. Doch das ging vorüber.

Eines Abends überraschte er seine altgedienten Freunde mit einem Vier-Gang-Menü. Tatsächlich, es gab weder Chips noch Dosenbier, sondern, da Hochsommer war, ein geeistes Kartoffelsüppchen mit ein paar Tropfen mittelteuren Trüffelöls, lauwarme Spaghettini mit Cocktailtomaten und Rauke, etwas zu zäh geratene Scaloppine mit Salbei sowie (Desserts waren seine Sache damals noch nicht) ein paar ganz ungewöhnliche Käsesorten mit richtigem Brot.

„Kann es sein, dass du schon in die Midlife-Crisis kommst?", fragte ihn mampfend Freund Bernd, ein begabter Rechtsaußen, der seine Karriere bei den Duisburger Zebras aus Biergründen verschludert hatte.

„Ich glaub fast, Bernd, ich bin schon wieder raus", hatte Justus sinniert. Vielleicht war das prophetisch. Denn seither widmete er sich der Verfeinerung seiner Genuss-Rezeptoren, begab sich gern und häufig auf Gourmet-Touren, schaffte sich einen geräumigen Wein-Klimaschrank an und scharte eine ganze Kohorte begeisterter Gleichgesinnter um sich, worunter tatsächlich auch Frauen waren. Doch spätestens ab dreißig zog Justus Lieberstein einen gesicherten Abend bei Wein und Speisen einem risikoreichen, oft genug hirnverbrannten Rendezvous mit ungewissen erotischen Aussichten vor. Zwar lachten einige über ihn; tatsächlich bewunderten sie ihn für seine frühe Souveränität. Und es war ja nicht so, dass er den Frauen gram gewesen wäre, ganz und gar nicht! Er schätzte sie als gute Freundinnen nicht weniger als seine männlichen Koch-Genossen. Doch wenn es um Affären ging, zog er diejenigen vor, die eindeutig das Glück und nicht die Ehe suchten.

Mit Anfang vierzig änderte sich Liebersteins Lebensführung noch einmal deutlich, besser: Sie spitzte sich zu. Beeinflusst durch eine befreundete Spitzenköchin, die keinerlei „Produkte aus tierunfreundlicher Haltung" und überhaupt nur ökologisch erzeugte Nahrungsmittel verwendete, zog er von jetzt auf gleich die Konsequenz: Er verschenkte sein Auto an Bernd und kaufte sich eine Jahreskarte für das Gesamtnetz der Deutschen Bahn sowie ein teures, schweres E-Bike. Er bezog seine – durchaus allenthalben für ihren Schick gelobte –

Kleidung aus nachhaltiger Produktion nur noch in einem Lädchen namens „Himmelsgarn", das er früher schon des plüschigen Namens wegen gemieden hätte. Außerdem ging er zu seinem eigenen Vergnügen meist auf Märkten und in ökologisch orientierten Geschäftchen in seiner Nähe einkaufen. Dass er dabei niemals missionarisch auftrat, rechneten ihm seine Freunde hoch an. Einmal verzichtete er gar auf ein lukratives Angebot aus der Detektei; mehrere Flüge hätten angestanden, Justus Lieberstein flog nicht mehr, basta. So ergriff er denn die Gelegenheit und machte sich selbstständig. Mehrere Kunden blieben treu und wechselten das Büro. Für seine Verhältnisse verdiente er ausreichend – jedenfalls genug, um allzu große Schweinereien ablehnen zu können. Arbeitnehmer für ihre Chefs ausspitzeln und dieser Kram, das passt überhaupt nicht in sein Weltbild. Andersherum ja. Das wäre etwas anderes!

Konstellationen wie den Fall von der Aue liebt Lieberstein hingegen sehr. Man kann nichts verlieren dabei; die Situation ist ohnehin verfahren ... und jede noch so winzige Verbesserung darf man der eigenen Initiative zuguterechnen. Mehrmals im Lauf der Jahre war es ihm geglückt, verlorene Söhne, mehr noch Töchter in Straßencafés und Bauwagen, hinter Bahnhöfen oder schlecht versteckt in nach verbranntem Toastbrot müffelnden WGs aufzustöbern. Das war nicht weiter schwierig, zumeist. Sein Trick für nachher war der Hunger. Alle diese desorientierten jungen Menschen hatten Hunger, die Drogis vielleicht ausgenommen. Anstatt moralisch zu intervenieren, lud Lieberstein gerne zum Essen ein – auf diesem Gebiet kannte er sich ja inzwischen aus. Saßen die oftmals von klein auf gehätschelten, nunmehr guter Speise entwöhnten Bürgerkinder erst einmal vor einer sahnigen Tomatensuppe (man durfte sie kulinarisch nicht gleich überfordern), sprachen einem einfachen Rumpsteak mit Bernaise und Spargeln zu und futterten hinterher noch einen ganz und gar kindischen Eisbecher, hatte er meist schon gewonnen. Zu einigen dieser Geretteten bestand noch Jahre später Kontakt ... vor allem zu dieser sommersprossigen Christine vom Schauspiel, hach ja ... Aber das war wieder eine andere Geschichte.

Manchmal geht es in diesem Job nicht ohne Lügen ab. Als Justus Lieberstein die Dame neben ihm anlog, er sei seit zwanzig Jahren Stammgast in der Coopérative – eine ungeschützte, unprofessionelle Behauptung –, hatte dies in keinerlei Hinsicht der Wahrheit entsprochen. Sicher, im Elsass war er mehrmals zu Gast gewesen, doch niemals in diesen verträumten Landen an der Grenze zur Südpfalz. Versehen mit einer Flasche Gewürztraminer und einem jugendfrischen Münster aus dem Münstertal, hatte er einen Abend lang die Örtlichkeiten auf Google Earth studiert. Die Entscheidung stand bald fest: Lieberstein würde sein Elektrofahrrad nach Bad Bergzabern vorschicken und von dort aus die Gegend erkunden. So stellte man sich das Detektivleben vor: immer schön kombinieren! Den Beruf mit dem Vergnügen, das professionell Gewohnte mit dem abenteuerlichen Neuen, das Geldverdienen mit dem Geldausgeben.

Als er nach einer langen Nacht in Mannheim bei einem Freund, der inzwischen Besitzer einer italienischen Weinstube in der Schwetzinger Vorstadt geworden war, noch früh am Morgen seinen Silberpfeil am Bahnhof des Kurstädtchens in Empfang nahm, überkam Lieberstein jenes Reisegefühl, dieses Umarmenwollen des Niegesehenen, das er seit frühester Jugend niemals verloren hatte. Mit Kurorten hatte er bislang nie viel am Hut gehabt; als Hauptattraktion empfand er einen doppelten Espresso auf der Terrasse eines gleich zweifach vorkommenden italienischen Vorpostens namens „Pola“ auf der einen Seite ein charmantes Kaffeehaus, auf der anderen ein Eiscafé von überregionaler Bedeutung.

Erquickt stürzte sich der Radler in den Wald. Auf Umwegen geriet er nach Hinterweidenthal und bewunderte den blumenreichen, morgenstillen Bahnhof. Er fuhr tiefer in den Wald hinein, noch ohne Hilfsmotor. Ein paar Wolken nur quengelten über den Zweigen herum, alles war wunderbar friedlich und erhellt von dieser frisch gebackenen Frühherbstsonne in Orangensauce. Die Ortschaften wurden seltener, die Menschen auf den Gassen rarer. Schönau erreichte er gegen 11 Uhr, ein unauffälliges, aber freundlich gelegenes Dörfchen. Lieberstein betrachtete ein lang gestrecktes Sandsteinhaus und las eine Inschrift:

Zeichen dankbarer Erkenntlichkeit
Der Gemeinde Schoenau
Fuer
Die derselben durch den edlen
FREIHERRN LUDWIG GIENANTH
Erwiesene Wohlthaten
1843

Als er noch darüber nachgrübelte, ob die eifrigen Schönauer denn auch den richtigen Kasus angewandt hätten, im Vorüberradeln zwei hochgetürmte Kirchen bestaunend, war er schon in Hirschthal; den Ortsnamen hier herum hatte man ihr „th“ gelassen, das wirkte anheimelnd, biedermeierlich, so wie's halt zur Landschaft passte. Da las er: „Frankreich 1.000 m“. So also..., so schlicht und unprätentiös hörte Deutschland auf. Und so unkriegerisch. Nein, Justus gehörte nicht zu den Naivlingen, den Geschichtsvergessenen, die von einst, da unvorstellbarer Horror von diesem Land ausgegangen war, nichts mehr wissen wollten. Sein Leben war durchaus beeinflusst, ja beschattet von alledem, was er gelesen und erzählt bekommen hatte. Ein Ort wie jener bei Natzweiler, wo seine Vorfahren die Schönheit und Ruhe der Vogesen geschändet hatten, genügte vollauf, jedwede Anwandlung von Nationalstolz für immer zu tilgen. Wenn er derartigen Anwandlungen im Ausland begegnete, verzog er meist bekümmert die Mundwinkel und schwieg.

Ein paar Bauernhäuser, ein bisschen Wiese, eine alte Mühle. Der Rest war Wald. Frankreich: 1000 m. Nicht zu fassen! Diese beiden gleich gearteten Nachbarn sollen sich über ein Jahrtausend lang die Köpfe eingeschlagen haben? Langsam radelte er weiter. – Kurz vor der grünen Grenze machte Lieberstein zuerst ein Ferienhaus namens Fleckenstein, sodann einen Waldpfad aus, der ebenfalls verhieß: R. Fleckenstein, 30 min. Nun, „R." stand wohl für Ruine, nicht für einen schlichten Vornamen wie Ralf oder Rolf. Justus überlegte nicht lange. Eine pfälzisch-gastfreundliche Dame im geblümten Hauskleid werkelte im Garten des komplett von Spätsommerblumen umgebenen Gästehauses. Welch seltene Harmonie von Mensch und Umwelt!

„Ja, isch frei", gab sie auf Liebersteins Frage nach einem Fremdenzimmer zur Antwort. „Warte Sie en Augeblick."

Die Sache dauerte weniger als fünf Minuten. Fahrrad abgestellt, Bude bezogen, frisch gemacht, losgewandert. Für wie lange er hier Logis bezöge, würde man noch sehen.

Recht steil führte der Pfad von Hirschthal in den Hochwald hinauf; es war wärmer, als der Wanderer angenommen hatte. Immer wieder in den letzten Jahren überprüfte er, ob das Alter nicht in Form von fiesen Schweißausbrüchen, Herzrasen, Kurzatmigkeit bei ihm anklopfen wollte. Nun, es klopfte. Der Erschöpfte machte Rast – und erschrak heftig, als er kurz darauf – gleich mehrsprachig – aus seinem Dämmer gerissen wurde.

„Diese Franzosen!“, stöhnte er auf.

Dicht neben ihm, durch nichts angekündigt, standen ein paar lebensgroße Comicfiguren in Ritterkostümen unter einer Riesenbuche. Er musste einen Bewegungsmelder ausgelöst haben, denn unaufhörlich warnten ihn quäkige Stimmen vor der Fortsetzung seines Weges. Es sei gefährlich! Gut, mochte kommen, was da wolle – er würde seine Ritterehre zu verteidigen wissen. Noch mehrmals auf dem Weg zur Burg passierte er solch ulkige Szenen des Lehrpfades für nachwachsende Touristengruppen, bis ihn ein Anblick vollkommen in Anspruch nahm, den er so gewaltig nicht vermutet hatte.

Weit über die Wipfel herausragend, in einer Breite, die in Metern auf Anhieb nicht zu beziffern war, stand mit einem Mal der Fleckenstein neben ihm, dieser Felsen, dem als einem der wenigen wahrhaft die Bezeichnung zyklopisch zuteilwerden kann – diese aus Buckelquadern getürmte Wehranlage mit den wie Papier mittendurchgerissenen hohen ehemaligen Wohnbauten. Lieberstein blieb stehen ... ging dann aber rasch weiter, da schon wieder irgendein Page oder eine Prinzessin polyglott auf ihn einquakte. Ungeheuerlich, wie das hier durcheinanderging: spitzkantiges Felsgestein, mal von Mauern unterfüttert, dann wieder steil ins Erdreich hinabtauchend, halbrunde Türme mit Schießscharten – sogar seltene Brillenscharten waren darunter –, saurierhaft aufragende Gesteinszacken ohne Bebauung, dunkel verfärbt. Tatsächlich geschah es zum ersten Mal seit seiner Bubenzeit, dass ihn die Ansicht einer mittelalterlichen Burgruine sprachlos machte. Die Augen immerzu nach links oben gerichtet, umkurvte er die Anlage auf dem dafür vorgesehenen Pfad, bis er an den Eingang geriet.

Wenige Schritte entfernt bot sich ihm ein anderes Landschaftsbild dar, das in seiner Lieblichkeit gar nicht kontrastreicher zum rauen Fleckenstein hätte ausfallen können: Hinter sanft abfallenden Streuobstwiesen, einem schützenden Waldrücken vorgelagert – in der Entfernung ein Bauerngehöft. Das musste der Gimbelhof sein! Augenblicklich fühlte er seinen alten Genossen, den Hunger, in sich aufstöhnen. An einer rekonstruierten Köhlerhütte vorbei zum Innenhof der Anlage mit Andenkenladen in einem Informationszentrum am ehemaligen Forsthaus, zahlreichen Hinweisschildern und einem Hof voller Tische und Bänke vorbei begab er sich, so rasch er konnte, auf einem Waldweg Richtung Gimbelhof.

Auf einem Parkplatz begegnete er zum ersten Mal einem Hinweisschild der Cave Vinicole de Cléebourg, das die Weine und Crémants der Coopérative zweisprachig anpries. Als er ins Freie trat, sah Lieberstein einige halbierte Baumstämme auf einer Wiese. Er beschloss, ein wenig auszuruhen und sich etwas in Ordnung zu bringen, um nicht allzu derangiert am ersten kulinarischen Ziel seiner Elsass-Reise am Gimbelhof einzutreffen.

Als er schließlich anlangte und an einem Tisch direkt vor dem dreigeteilten Wintergarten Platz genommen hatte, mit Blick sowohl über grasende Rinder hin auf die Ruine als auch auf den besagten Krappenfelsen, überschwemmte ihn ein Wohlempfinden, das ihm zuletzt nicht viele Orte zu bieten hatten: Er fühlte sich gleichermaßen in der Fremde wie zu

Haus. Gesteigert wurde das Glücksgefühl freilich angesichts der Speisekarte: Le Presskopf „Maison" las er da, Assiette de crudités, Terrine de canard, L'assiette gourmande, Truite aux amandes, Tournedos aux morilles, Le Crème caramel ... Um seine Rührung vor der Außenwelt zu verbergen, schloss Justus Lieberstein die Augen. In ihm reifte der Wunsch, so schlecht wie noch nie in seinem Leben zu arbeiten, um den Aufenthalt hier heroben so lange wie möglich auszudehnen. Voller Dankbarkeit bestellte er einen kleinen Muscat und begann, die Karte noch einmal von vorn bis hinten durchzustudieren.

Martine Rouauld scheidet aus dem Staatsdienst

Die Anreise der Martine Rouauld verlief weitaus weniger ereignisreich. Nach einem kargen Frühstück setzte sie sich Punkt 7 Uhr in Lyon ins Auto und war kurz vor Mittag in Lembach. Noch vor der Pause verhandelte sie mit einem Polizeibeamten, den sie im Voraus von ihrem Kommen unterrichtet hatte. Die alten Seilschaften funktionierten noch. Im Verlauf ihrer zwei Jahrzehnte währenden Verwaltungstätigkeit, vorwiegend als Steuerprüferin, war Rouauld mit zahllosen Einrichtungen der öffentlichen Hand in Kontakt gekommen. Es war ein Geben und Nehmen, ganz wie sich das gehörte. Als Frau in höherer Position hatte sie immer doppelt wachsam sein müssen ... Innerhalb weniger Minuten war die Privatermittlerin mit sämtlichen Informationen versehen, die man bislang zum Fall von der Aue zutage gefördert hatte. Sie bedankte sich und lud den hilfreichen Beamten für einen der nächsten Tage zu einem kleinen Mittagsmenu ein – man musste es ja nicht gleich übertreiben. Im Anschluss, ohne sich irgendwie zu stärken, fuhr sie direkt zum Krappenfelsen, nahm die Örtlichkeit in Augenschein und begab sich in ihr Quartier, die Ferme Auberge „Moulin des 7 Fontaines", keine halbe Stunde entfernt, unweit Drachenbronn.

Ein ehemaliger Kollege aus Lyon hatte ihr das gastliche Haus empfohlen, eine ehemalige Ölmühle im Fachwerkstil aus dem 18. Jahrhundert, gegründet von einem Bediensteten des Barons von Fleckenstein: „Diese Enten, meine Liebe! Diese

Enten! Und erst die Charolais-Rinder ... Familie Finck, die Eigentümer der Mühle, züchten die selbst – köstlich!"

Im Gegensatz zu ihrem Widerpart Justus Lieberstein hatte Rouauld sämtliche „Höhen und Tiefen einer Ehe" durchlebt – so hatte zumindest der Pfarrer geschwafelt –, wobei, wie sie bereits nach wenigen Monaten feststellen durfte, die Aufenthalte in den enthusiastischen Höhenregionen weitaus seltener waren, als es ihr prophezeit worden war. Die Korrektheit ihres Gatten Martin nicht nur in offiziellen Dingen verursachte eine chronische Abhängigkeit von Antidepressiva – offenbar kein gutes Medikament für die Ehe, denn er blieb meist einsilbig und von einer hintergründigen Boshaftigheit, vor deren Spitzen Martine stets auf der Hut sein musste, da sie meist das Ziel war. Die beiden Töchter wuchsen heran; früh hatten Kindergärtnerinnen, Verwandte auf dem Land, gutherzige Nachbarinnen ohne Nachwuchs die Erziehung übernommen. Der emotionale Jahrestiefstand war immer erreicht, wenn die großen Ferien anstanden. Da saß man sich denn in diesem Haus bei Menton am Mittelmeer bei extremer Hitze schweigsam und feindselig gegenüber und wartete, dass die Zeit verstrich. Dass andere Feriengäste von ganz anderen Erlebnissen im Ferienhaus berichteten, registrierte Martine verblüfft. Wahrscheinlich logen sie.

Mit vierundvierzig Jahren beschloss die Verwaltungsexpertin, fortan ein Leben wie ihre eigene Mutter zu führen, die sich beizeiten „von allem Weltgetriebe" (damit meinte sie die Männer) freiwillig zurückgezogen hatte. Allerdings war dies bei Martine nur eine Reaktion auf zwei Ereignisse: Martin verwies sie des ehelichen Schlafzimmers – ein unerhörter Vorgang! Und ihr Vorgesetzter verweigerte ihr die Höhergruppierung, auf die sie nicht nur ein halbes Jahrzehnt lang gehofft, sondern, wie sie sicher wusste, auch Anspruch hatte. Zur Verwunderung der Kollegen schied Martine Rouauld aus dem Staatsdienst aus und machte sich selbstständig – zunächst als Steuerberaterin. Martin nannte sie „vollkommen vertrottelt", sie, die kein anderes Bestreben habe, als die Familie zugrunde zu richten.

„Sie ist doch schon am Grunde", murmelte sie und verließ die Wohnung für immer.

Zu ihrem eigenen Erstaunen genoss sie bald hohes Ansehen als private Fachfrau für knifflige Fragen im Einkommenssteuerecht. Von Jahr zu Jahr weitete sich ihr Tätigkeitsgebiet aus; in einem Fall von beinahe staatstragender Bedeutung tat sie sich zudem als eine Art Spitzel hervor, da sie alles über die Gegenseite herausbrachte, was für den Auftraggeber von Nutzen war, mehr noch, als der Gegenseite überhaupt bewusst war, je verbrochen zu haben. Diese Akribie, dieser minutiöse Eifer sprachen sich herum. Bald verdiente sie das Dreifache im Vergleich zu ihrer Zeit bei Vater Staat. Martin erfuhr nichts davon. Die Töchter aber auch nicht.

Magda und Philippine hatten den Kontakt zum Vater ganz abgebrochen, nachdem sie ins Internat gekommen waren. Als sie vierzehn und sechzehn Jahre alt waren, erklärten sie der Mutter, nicht mehr auf ihre Kaltherzigkeit angewiesen zu sein. Es gab Momente, da wollte Martine deswegen sterben. Doch wozu hatte sie diesen allezeit wirksamen Chartreuse? Vor ihrem eigenen Nachwuchs zu Kreuze kriechen? Niemals! Was hatten sie ihr denn schon gebracht? Als sie ganz klein waren den Schlaf geraubt; später bei Tischgesellschaften sich fürchterlich mit Kakao bekleckert; um Geld für Computer-Dreck gebettelt; sie bei bedeutenden Geschäftsfreunden blamiert ...

Martine Rouauld trug sich mit der Vermutung, dass ihr diese Gören, die unanständig früh geschlechtliche Beziehungen mit Gassenkerlen eingingen, etwas schuldig waren. Dennoch fuhr sie hin und versöhnte sich mit ihnen. Einstweilen.

Wäre dieses Leben auf die Dauer erträglich gewesen? Gewiss nicht. Doch es gab ja ein Gegengewicht, ein beträchtliches. Während eines eher unangenehmen, finanziell wenig einträglichen Auftrags war Martine, die seit ihrer Hochzeit keine Freundinnen mehr hatte, auf ihren kleinwüchsigen Jugendkameraden Baptiste gestoßen. Dem ging es miserabel. Irgendwie fühlte sie sich berufen, dem armen Schwein zu helfen. Und – was Martine für unmöglich gehalten hatte – Baptiste revanchierte sich. Jeden Freitag lud er sie seither zum Essen ein. Umgekehrt besuchte der Gastgeber Martine höchst selten; ob er ihren Kochkünsten misstraute? Selber schuld! Denn eine alte Liebe tauchte in Martine Rouauld empor, die seit dem Tode der Mutter und der Großtante verschollen war. Ja, wo lebte sie denn? In Lyon. Und wo sollte man leben? In Lyon! Ihre Verbitterung wich in solchen Momenten, da sie auf dem Markt die Saiblinge betrachtete und die Bulot-Muscheln, die sie gleich kaufen würde, tütenweise. Endlich (nicht zu spät) hatte sie ein Medium entdeckt, ein Biotop, in dem man es aushalten konnte. Martine entwickelte sich zur Feinschmeckerin von hohen Graden. Ihrem Urteil allerdings haftete meist eine gewisse Strenge an.

An der berühmten Probiertheke der Cave Vinicole de Cléebourg kommt es nach und nach, beglaubigt durch die kundige und freigiebige Hand des Frédéric Orth, zu einer Verschwisterung wider Willen; die Dispositionen und Vorlieben, die Lebensentwürfe der beiden Verkoster um eine hohe, eine sehr hohe Prämie korrespondieren trefflich. Spätestens als sie beim Gewürztraminer angelangt sind, diesem über die Maßen raffinierten, geheimnisträchtigen, unergründlichen Elsässer Liebestrank, schießt das Einverständnis über höfliche Bekundungen hinaus. Martine, als die Ältere, bietet das Du an – ein unerhörter Vorgang! Nachdem gemeinsam mit dem Hausherrn noch zwei zu Stille und Anbetung zwingende Trockenbeerenauslesen verkostet wurden, beschließt man gar eine temporäre Zusammenarbeit. Den Abschluss macht (nach hiesiger Sitte) ein einfacher, einfach köstlicher Sylvaner. Martine Rouauld nimmt ein paar Kistchen Pinot Gris und Riesling im Kofferraum mit, Lieberstein lässt einiges an seine Mutter schicken, vor allem Crémant vom Auxerrois und Gewürztraminer natürlich, fürs Herz.

„Pass bloß auf“, säuselt Lieberstein der neu gewonnenen Kameradin zu, als sie die Kartons in ihr Auto verladen, „wenn dich deine Landsleute, die mit den komischen Mützen, heute erwischen. Die sollen gnadenlos sein.“

„Kommt darauf an, bei wem“, bewahrt Martine die Ruhe. „Meine Herberge liegt ja gleich um die Ecke. Aber wie kommst Du nach ... Hirschhorn?“

„In Hirschthal bin ich in ein paar Minuten. Hoff ich. Ich schalt den Hilfsmotor ein. Und für deine Landsleute hab ich das da ...“ Justus schraubt ein Glasfläschchen auf und hält es Martine unter die Nase.

Sie schreckt zurück. „Puh –!“

„Was, puh? Das ist was ganz was Gutes! Eine Emulsion aus Zitrone und Knoblauch. Wahnsinnig gesund. Sagt meine Hausärztin. Sogar wirksam gegen Dämonen. Auch, wenn sie sich mit einem Käppi tarnen.“

Die ersten Fahrversuche des deutschen Weinbruders nach der Weinprobe begutachtet Martine mit Skepsis. „Hoppala", weicht er mit knapper Not einer Werbetafel für ein regionales Weinfest aus. Martine erwischt sich dabei, wie sie hofft, dieser Hallodri möge unbeschadet in sein Quartier kommen. Ja, sie wünscht es ihm aufrichtig – ihm, dem „Boche". In diesem Fall meint sie das keinesfalls herablassend.

Krappenfelsen I

Alle sind sie inzwischen nach Hause gegangen, die Polizisten, die Spurensicherung, die Spezialisten für dieses und jenes, keine Ahnung. Nur Arlette ist geblieben. Was sind ihr diese Schaulustigen mit ihrem Sensationsgehabe auf die Nerven gegangen! Ein Mann – verschwunden ... oh Gott, oh Gott! Was geht die das an? Es ist schließlich ihrer: ihr Lennart. Sonst hatte niemand ein Recht, sich für ihn zu interessieren, verdammt noch mal! Ihre letzten Kröten hat Arlette in ein altes Zelt investiert, einem Bauern in der Nähe konnte sie's abhandeln. Hätte sie nicht auftragsgemäß gelächelt wie eine Hure, es wäre viel teurer gewesen. Da drin wohnt sie jetzt, unterhalb vom Krappenfelsen, mit den beiden Scheißkötern. Verbirgt sich vor den Blicken der Elendstouristen. Aber es kommen jetzt nur noch wenige Neugierige.

In den ersten Tagen war sie, Arlette Choquet, die Attraktion. Klar, das ist sie gewöhnt, aber anders. Manche waren ganz nett, wollten bestimmt nicht aufdringlich sein. Aber sie war eben geladen, hatte keine Lust zu reden. Dann krochen ihr die Schleimscheißer von der Presse nach. Und dann kamen auch noch diese zwei Schwachköpfe vom Forstamt. Hätte schiefgehen können. Aber Arlette hat Glück gehabt, mal wieder. Keine Polizei, keine Anzeige. Immerhin.

„Mademoiselle, ich darf Sie darauf hinweisen, dass dies kein Zeltplatz ist."

„Weiß ich selber." Wütend hatte sie die Zeltplane beiseitegewischt, war direkt auf die beiden Typen losmarschiert. Sie hatte ihr Schlafhemdchen an, egal. Der Jüngere kämpfte mit einer Ohnmacht.

„Dann ist es ja gut“, meinte der Ältere, der ein bisschen dick war, ganz gemütlich. „Da wissen Sie sicher auch, dass Sie diesen Ort umgehend verlassen müssen. Weiter drüben, Richtung Lembach, da wäre ein offzieller ...“

„Ich tu überhaupt nichts dergleichen!“, blitzte sie ihn an. „Ich hol mir eine Sondergenehmigung, bei der Präfektur!“

Daraufhin wusste der gereifte Forstbeamte erst einmal nichts zu sagen. Nicht einmal unfreundlich schaute er sie an; vielleicht überlegte er gerade selber, wie sie alle zusammen geschickt aus der Situation kommen könnten. Doch da machte sein aufgeregter Kollegentrottel alles kaputt. Mit einer verächtlichen Kopfbewegung flüsterte er halblaut zu seinem Vorgesetzten: „Am Ende stimmt's noch. Solche kriegen doch immer alles.“

„Was haben Sie da gesagt?“ Arlette Choquet grellte ihn an und fuhr auf ihn los. Und schlug ihm mit aller Kraft ins Gesicht.

Der Erfahrenere der beiden erstaunte. Und kicherte. Aber nicht lange, schon hatte er ebenfalls eine an der Wange kleben, wenngleich weniger heftig.

„Warum denn ich, Mademoiselle?“, beschwerte er sich.

„Weil Sie sich über ihn lustig gemacht haben. Das tut man nicht, unter Kollegen.“

Damit drehte sie den beiden den Rücken zu und verschwand in ihrem Zelt.

„Das wird ...“, versuchte es der Junge noch einmal, „das wird ein Nachspiel haben!“

„Halt die Fresse“, rief sie von drinnen. Und fuhr noch einmal medusenhaft mit dem Haupte herum: „Hosenscheißer!“

Als Martine Rouauld und Justus Lieberstein vor Arlettes Bauernzelt aufkreuzten, „nur um sich ein wenig zu unterhalten“, hatte Choquet bereits beschlossen, mit niemandem mehr zu sprechen. Zumindest bis ihr Lennart wieder zu ihr zurückgekehrt war.

Justus ließ nicht locker. „Bitte, Mademoiselle, ich bin von sehr weit hergekommen, nur um ...“

Sie streckte ihren Lockenkopf aus dem Zelt, sagte aber nichts.

Lieberstein strahlte, im Tiefsten ergriffen: „Und ich sehe, es hat sich gelohnt!“

Indessen Martine Rouauld ein Gesicht zog, als hätte sie auf eine eben herausgefallene Zahnfüllung gebissen, zuckte Arlette angewidert ins Zelt zurück und zog den Reißverschluss vor.

„Pfui Teufel, diese alten Säcke!“

„Da sehen Sie's“, schimpfte Rouauld, „man hat es uns doch gesagt.“

Am Arm wollte sie ihren Mitstreiter und Gegenspieler fortziehen. Der aber blieb noch einen Augenblick stehen und visierte mit großen Augen das Zelt an: „Die muss ich haben.“

„Was?“, rief Martine Rouauld, die schon ein gutes Stück vorausgegangen war. „Was sagten Sie?“

„Nichts zur Sache, Madame. Ich bin nur der Meinung, dass wir sehr bald wiederkommen sollten.“

„Das müssen wir ja sowieso.“

„Sicher. Aber mit einer veränderten Taktik.“

Es ist sechs Tage her, seit Lennart von der Aue von der Steilwand des Krappenfelsens verschwunden ist – wohin, das ahnt niemand. Martine Rouauld und ihr neuer Mitstreiter sind im

Rahmen ihres privaten Kooperationsmodells übereingekommen, dass sie, um Zeit zu sparen sowie „zur Förderung des deutsch-französischen Vertrauensverhältnisses“, wie Justus Lieberstein proklamierte, ein paar Gespräche unabhängig voneinander führen sollten. Abends dann würden sie die Ergebnisse zusammentragen, praktischerweise in der Moulin des 7 Fontaines, Rouaulds Herberge, bei einer kleinen Mahlzeit. Es gibt, wie es scheint, nur drei Zeugen von Bedeutung; die übrigen haben entweder gar nichts bemerkt, oder ihre Aussagen fallen bei Weitem weniger detailreich aus. Rouauld erklärt sich bereit, die Fahrt nach Sélestat auf sich zu nehmen – nicht nur, weil sie kräftiger motorisiert ist als ihr Kollege.

„Ich glaube, ich übernehme diese Protokollantin. So was liegt mir mehr. Dieser Fotografenkünstler mit dem parfümierten Namen passt besser zu Ihnen, schätze ich.“

Lieberstein protestiert keinesfalls, zieht nur eine Grimasse, der kleinen Spitze wegen. „Wie heißt er denn?“

„Hermes Ossian Spitzfaden.“

„Um Gottes Willen. Das ist ja schrecklich.“

Justus’ Einschätzung vom Abend zuvor, wonach er recht schnell in seinem Quartier „Haus Fleckenstein“ eintreffen werde, hatte sich als bodenlos naiv erwiesen. Einunddreiviertel Stunden lang gurkte er auf seinem Elektrofahrrad durch die uferlosen Dämmerungen der Nordvogesen, bis er endlich in Hirschthal eintraf. Zwischendurch hatte er den Akku für den Motor leergefahren, sodass er die letzten Steigungen (die schlimmsten) per Muskelkraft bewältigen musste. Zwei Flaschen eisgekühlten Silber-Pilses nebst einer von der Wirtin aus dem Hauskeller gebrachten Dose Blutwurst stellten ihn wieder her, ja, er fiel mit dem Gefühl ins Bett, heute Großes geleistet zu haben. Was eigentlich?

Ein unschätzbarer Vorteil des fotografierenden Zeugen ist (neben einer Fülle von Aufnahmen, die just zum Zeitpunkt der metaphysischen Verpuffung des Lennart von der Aue geknipst wurden) sein aktueller Aufenthaltsort: „Aus beruflichen Gründen" hat er sich im Gimbelhof einlogiert. Soso! Justus Lieberstein empfindet Neugier, was genau diesen – wie es scheint, nicht ganz unpopulären – Künstler an dieser Gegend fesselt. Ein Verdächtiger? Durchaus möglich, bei dem Namen. Nach einem Pfälzer Pensions-Frühstück mit Leberwurst und Schwartenmagen sowie vier Tassen starken Landkaffees steigt Justus noch vor 9 Uhr auf sein Fahrrad. Immerhin, so entkräftet er war, als er ankam, er bugsierte das Kabel in die Steckdose, um den Hilfsmotor aufzuladen – ein letztes Aufflackern von Intelligenz vor ihrem endgültigen Verlöschen.

Sélestat

Zu dem Zeitpunkt, da Justus seine letzte Semmelhälfte mit herrlich fetter Leberwurst belegt, ist Martine Rouauld schon längst in Sélestat eingetroffen. Im ehemaligen Schlettstadt, einem Landstädtchen in der Rheinebene – manche nennen es behaglich, andere öde –, hat der Sommer seine Regentschaft noch nicht abgetreten. Gut und gerne zehn Grad wärmer ist es hier unten als im Gebirgsland der Nordvogesen.

„Es ist ein Glück für uns", stimmt Hélène Schueck, Schriftführerin des Club Vosgien de Sélestat, der Beobachtung ihrer Gästin zu. „Eigentlich verbringen wir den Sommer, wenn es irgendwie möglich ist, komplett in den Bergen. Unsere hoch gelegenen Fermes Auberges sind wahre Refugien für Klimaflüchtlinge."

Martines schattenmorellenrot geschminkte Lippen biegen sich zu einem höflichen Lächeln. „Sie haben es übernommen, mit mir zu sprechen. Warum nicht die beiden Herren, mit denen ich telefoniert habe?"

„Oh, das ist leicht zu erklären. Es gab da einen kleinen Disput zwischen den Männern, die am fraglichen Tag mitgewandert sind. Ich habe einfach besser aufgepasst."

„Madame Schueck, ein junger Mann klettert munter und gesund an einem Felsen herum. Dann ist er auf einmal weg. Haben Sie eine Erklärung?"

Hélène Schueck antwortet nicht sofort. Sie lehnt sich zurück in diesen altmodischen, doch, wie es den Anschein hat, ausgesprochen bequemen Sessel. Ihr Wohnzimmer liegt im

Halbdunkel, da die hölzernen Fensterläden gegen die Morgensonne aufgestellt sind. Sie atmet mühsam. Es geht nicht anders, sie muss jetzt reden. Die diskrete, zurückhaltende Art der Ermittlerin erleichtert die Aussage.

„Madame Rouauld, ich schlafe schlecht. Ich schlafe sehr schlecht seither. Es kommt mir vor, als wäre ich bei ... bei einem Mord dabei gewesen."

„Einem Mord?"

„Wie soll ich Ihnen das begreiflich machen ... Ich war ein bisschen verstimmt über die Atmosphäre, die an unserem Tisch geherrscht hat. Und dann, weil alle diese Gockel auf der Terrasse dieses arme, aufgeregte Mädchen so angeglotzt haben, statt ihr vielleicht zu helfen. Na ja. Deswegen hab ich dauernd da rübergeschaut, zu dem Kletterer. Um mich abzulenken, verstehen Sie. Ich hab ihn gesehen, dann hab ich kurz weggeguckt ..."

„Wie lange?"

„Hm. Fünf Sekunden? Vielleicht auch nur zwei? Jedenfalls, auf einmal war da nichts mehr. Niemand."

„Ein großer Schock für Sie."

„Ja. Sie fragen mich, wie ich mir das erkläre? Der arme Junge! Auf jede Weise hab ich seither versucht, mir selber eine Antwort zu geben. Ist er abgestürzt und davongehumpelt, wütend, weil seine Freundin nicht mehr da war? Hat er's irgendwie nach oben geschafft und kam dann nicht mehr runter? Auf dem Weg zurück ist ihm vielleicht klar geworden, dass er's mit dieser Schönheit, die alle verrückt macht, nicht mehr aushält? Vielleicht betrügt sie ihn? Ist das nicht immer so? Oder – wer weiß, es gibt doch viel Schreckliches auf der Welt ... Womöglich hat ihn jemand mitgenommen und ... na ja."

„Wer könnte das denn gewesen sein?"

„Was weiß ich? Ein Verrückter. Ein Perverser."

„Ist Ihnen jemand aufgefallen? Irgendwer? Auf dem Hinweg? Danach?"

„Was glauben Sie, wie ich mir den Kopf zermartert habe. Den Herren von der Polizei habe ich das ja auch schon mehrmals mitgeteilt. Allmählich bilde ich mir schon ein, ich hätte etwas bemerkt, aber es war nicht so. Nein, es war nicht so. Oder doch? Möchten Sie nicht einen kleinen Kaffee? Oder ein Glas Wasser, Madame?"

Martine Rouauld verneint. Sie zieht eine DIN-A4-große Fotografie des Krappenfelsens hervor und lässt ihre Gesprächspartnerin einzeichnen, an welcher Stelle sich der Vermisste befand, als sie ihn zuletzt sah. Madame Schueck kann nur grob schätzen. Es ist eine Fläche von mehreren Quadratmetern, genauer bekommt sie es nicht hin. Ihr Atem geht röchelnd. Es entsteht eine Pause. Rouauld spürt, dass sie nicht voreilig sein darf; es sind die Momente, auf die es ankommt. Immer. Doch dann reicht die Gastgeberin eine Liste mit Namen und Telefonnummern herüber, von allen Beteiligten an der Wanderung vor fast einer Woche.

„Für den Fall, dass Sie noch mit den anderen sprechen möchten."

„Vielen Dank, das ist sehr freundlich. Madame Schueck, was macht diese Sache so unbehaglich für Sie? Was fürchten Sie?"

Noch einmal atmet die Frau, die deutlich über sechzig Jahre alt sein dürfte, schwer ein und aus. „Die Hitze! Man bekommt es mit der Angst ... Wissen Sie, was mir dauernd im Kopf herum geht? Es gab doch schon einmal so einen Fall, irgendwann in den Neunzigern ..."

„Wie? Am Krappenfelsen?"

„Nein, nicht da. Weiter westlich. An der Ruine, am Fleckenstein. Da ist schon mal jemand verschwunden."

„Haben die Kollegen von der Polizei Sie danach gefragt?"

„Nein."

„Aber die wissen selbstverständlich davon."

„Ich nehme es an."

„Sehen Sie meinen Arm. Es schaudert mich, immer wenn ich daran denke. Sehen Sie die Gänsehaut? Die bekommt man nicht einfach so. Ich nicht. Irgendetwas ist da ganz schrecklich, Madame, ganz schrecklich."

In diesem Augenblick überträgt sich tatsächlich etwas von dem unbestimmbaren Schrecken auf Martine Rouauld. Sie versucht zu lächeln.

„Angst hat viele Namen, Madame Schueck. Nur die wenigsten kennen wir."

„Das ist nicht tröstlich."

„Nein, ist es nicht."

Es gelingt der Befragten, den möglichen Parallelfall auf Herbst 1998 zu datieren. Man habe seinerzeit ganz offiziell von Entführung gesprochen. Opfer sei ebenfalls ein junger Mann gewesen. „Seltsam, ausgerechnet diejenigen, die sich am besten wehren könnten."

„Wenn man überrascht wird ..." Martine spricht immer leiser und langsamer, um die nervös umherblickende Frau zu beruhigen. „Können Sie sich noch an irgendetwas von damals erinnern? Wurde der Fall aufgeklärt?"

„Man hat ihn nie gefunden, soweit ich weiß. Der Vater des jungen Mannes lebt, glaube ich, irgendwo in Deutschland. Die Mutter hat sich umgebracht."

„Oh. Das ist traurig."

„Sehr."

„Madame, haben Sie manchmal Angst, wenn Sie in den Vogesen wandern gehen? Nein?“

„Nie!“ Endlich lösen sich die Gesichtszüge der verantwortungsbewussten Schriftführerin des Clubs. „Nein, nein, wir sind ja immer in der Gruppe. Da kann nichts passieren. Nur nachts, wenn ich wieder alleine bin, hier in der Wohnung, da ist es mir manchmal ...“

„Ja?“

„Da ist es mir manchmal ... als hätte ich ... hätte ich etwas mitgenommen, nein, anders: als wäre etwas mitgekommen, gegen meinen Willen. Von droben, aus dem Wald.“

Auf dem Weg zum Auto wählt Martine Rouauld die Handynummer ihres Kompagnons auf Zeit. Erstaunlich, im Moment ist es ihr ganz recht, dass sie sich mit jemandem austauschen kann – sonst ist ihr das ja auch selten vergönnt. In wenigen Sätzen fasst sie das Gespräch zusammen.

Lieberstein resümiert: „Also ein bisschen neben der Spur, die Gute?“

„Würde ich nicht sagen. Man weiß es nicht.“

Das Gespräch zwischen Justus und dem Fotografen, berichtet er, hat eine weitere Zeugin zutage gefördert. Martine ist erstaunt, geradezu begeistert von der Nachricht. Man verabredet, das Treffen auf den frühen Nachmittag vorzuverlegen, um gemeinsam in den Wald am Petit Kraehberg, wo die Betreffende in einer Forsthütte wohnen soll, zu fahren. Martine Rouauld verspricht, sich bis dahin wegen der Geschehnisse aus dem Jahr 1998 schlauzumachen.

„Großartig. Sie sind wirklich fleißig“, flachst Lieberstein.

„Da sagen Sie mir nichts Neues“, gibt die Gelobte kühl zurück.

Die Wälder

Das Fremdenzimmer, welches der Fotograf gemietet hat, wirkt wie ein improvisiertes Atelier. Die Fenster gehen hinaus über die Waldlandschaft zwischen dem Krappenfelsen und der Ruine Fleckenstein. Als Justus Lieberstein von dem etwa dreißigjährigen bärtigen Kunstschaffenden hereingebeten wird, liegen Dutzende Fotografien auf dem Tisch, dem Boden, dem Sofa, den beiden Stühlen. Alle zeigen sie Felsen. Auf der Fensterbank stehen ein Laptop und ein Drucker, inmitten von überquellenden Papieren.

„Sie sind mitten in der Arbeit", bemerkt Lieberstein treffend.

„Kann man so sagen." Der Fotograf spricht mit einem Akzent, den der Gast nicht sogleich zu deuten weiß.

„Sagen Sie, sind Sie Kanadier? Australier?"

„Nein, Österreicher." Spitzfaden lacht laut und abgehackt. „Aber Sie hören ganz richtig. Ich hab die meiste Zeit bei meinem Bruder gelebt, in British Columbia."

„Ah, da wollte ich auch immer schon mal hin", sinniert Lieberstein. „Muss umwerfend sein."

„Ist es."

„Und viele Felsen, ja?"

Noch einmal stimmt Hermes Ossian Spitzfaden dieses kehlige, irgendwie künstliche Künstlerlachen an. „Die Fotos hier sind alle aus Europa."

Es fällt Justus schwer, sich für diese Art von Kunst zu interessieren. Seine Augen sehen hunderte Felsgebilde, sämtlich in Schwarz-Weiß, offenbar aus immer der gleichen Entfernung fotografiert. Statt endlich zum Thema vorzudringen, stellt er eine Frage, die beinahe etwas Beleidigendes hat. „Und das ist Ihnen gar nicht langweilig, diese Felsenfotografiererei?"

Spitzfaden hat den Unterton durchaus vernommen. Er schätzt es ganz und gar nicht, wenn man sein fotografisches Œuvre in seinem Wert unterschätzt. „Darum geht es nicht. Es ist ein Auftragswerk. Allerdings stammt die Idee von mir."

„Ah. Ein Projekt?"

„Ja."

„Für eine Zeitschrift?"

„Nein."

„Sondern?"

„Für die Biennale. In Venedig. In einem Jahr."

„Oha! Das ist aber ... Darf ich fragen ..."

„Die Fotos werden den österreichischen Pavillon bestücken, falls Sie es wirklich wissen wollen. Das Projekt heißt *last virgin jumps.*"

„Bitte? Das klingt ja lustig. Letzte Jungfernsprünge, ja?"

„So ähnlich."

„Das ist ja", versucht Justus seine Stimme mit ein wenig Enthusiasmus aufzuladen, „das ist ja hoch renommiert, dieses Engagement."

„Ist es."

„Und worum geht's?"

„Wie der Name schon sagt. Ich fotografiere Felsen, von denen, der Sage nach, Jungfrauen gesprungen sind."

„Wie – echt?" Justus muss lachen.

Der österreichische Kanadier scheint es nicht übel zu nehmen. „Es gibt auffällige Parallelen – Typologien – in allen möglichen Zivilisationen, sozusagen kultur- und zeitenübergreifend, wo immer wieder dasselbe geschieht, an den unterschiedlichsten Orten."

„Aha."

„Nehmen wir etwas ganz Einfaches: Ein Drache fällt in ein Land ein, verwüstet es, tötet Leute, fordert junge Mädchen und so weiter. Und dann kommt der Ritter, tötet das Vieh und ..."

„... kriegt dafür die halbe Prinzessin und das ganze Königreich!"

„In meinem Projekt spielen Felsen die Hauptrolle – Burgen auf Felsen gehen auch –, von denen junge Frauen auf der Flucht heruntergesprungen sind: um den Nachstellungen lüsterner Verfolger zu entgehen."

„Wahnsinn." Lieberstein schluckt. „Beeindruckend. Ist der Krappenfelsen auch ..."

„Ja, auch so ein Ort. Der Legende nach, freilich. Hier ist er. Schauen Sie mal."

Hermes Spitzfaden richtet eine Schwenklampe auf zweimal acht Fotos, die er auf dem Schreibtisch ausgebreitet hat. „Achtung, kommen Sie lieber hier rum, sonst treten Sie auf den Schwarzwald."

„Ah, da gibt es auch ..."

„Sechzehn Felsen, ja. Immer dieselbe Geschichte."

„Last virgin jumps ... ich fass es nicht."

Tatsächlich benötigt Justus Lieberstein eine geraume Weile, sein Interesse, das soeben unerwartet von der Welt moderner Kunstauffassungen in Anspruch genommen wurde, auf die ursprüngliche Thematik zu richten. Er wird nicht enttäuscht. Wie ein Daumenkino, chronologisch geordnet, breiten sich vor ihm die Ereignisse aus.

„Da ... da steht ja sogar die Uhrzeit drauf!"

„Auf die Sekunde. Schauen Sie, 11.33 Uhr, fünfundvierzig Sekunden. Da sehen Sie ihn noch. Da klettert er hoch. Ein fantastischer Körper, nicht wahr? Da ... kommt dieses nervöse Mädchen den Weg runter – hier, hier hab ich ein Bild von ihr, wie sie den Rotwein trinkt ...“

„Also das gefällt mir fast noch besser als dieser Sportler.“

„Und jetzt – eindeutig – 11.36 Uhr, dreizehn Sekunden: Die Wand ist leer. Keiner mehr da.“

„Unfassbar. Die Polizei ...“

„Hat Abzüge von sämtlichen Fotos, klar. Wollen Sie auch welche? Ganz umsonst kann ich das aber nicht machen. Die Druckerpatronen sind teuer.“

„Klar, selbstverständlich! Wir bezahlen Ihnen das. Also wirklich formidabel, was Sie da geleistet haben.“

Wieder und wieder weist Justus Lieberstein darauf hin, wie unglaublich selten so ein Fall, so ein Glücksfall (mitten im Unglück) sei, dass ein Geschehen von solcher Tragweite sozusagen live abgebildet werde.

„Eigentlich nicht“, widerspricht der Profifotograf. „Wie oft sieht man heute Gewaltverbrechen, die irgendwelche Videokameras mitgeschnitten haben. Und außerdem: Das Entscheidende fehlt doch. Ich hab’s nicht erwischt, das ist ärgerlich. Hier: Kein Anzeichen, dass der Typ gleich abstürzen könnte, im Gegenteil. Und da – aber das sehen Sie ja selbst. Hätte ich mich bloß nicht ablenken lassen.“

„Machen Sie sich keine Vorwürfe. In dem Fall ist das doch mehr als menschlich.“

„Sie gefällt mir überhaupt nicht, diese Arlette, wenn Sie das meinen.“ Spitzfaden blickt verächtlich. „Ich finde sie kitschig. Außerdem ist sie zu dick.“

„Was? Zu dick? Sind Sie irre? Ach so", mäßigt sich Lieberstein, „Sie haben's natürlich berufsmäßig hauptsächlich mit Skeletten zu tun, nehme ich an."

„Nein, nicht deshalb. Meine Freundin ist beim Ballett. Man kann nichts für seine Neigungen, oder?"

Justus bemüht sich, nicht hochzublicken. „Nein, da kann keiner für."

Während der Drucker arbeitet und die sechzehn fraglichen Fotos für den Ermittler in ununterbrochener Folge über den Schieber gleiten, kommen die beiden Männer, angeregt durch die Fotografien, auf die Struktur von Kletterfelsen, das Geländeprofil der Landschaft des Wasgau und ihre ganz spezielle Stimmung zu sprechen. Noch einmal überrascht der Künstler seinen Gast:

„Mit dieser Mukolina haben Sie aber schon Kontakt aufgenommen ...?"

„Mit wem? – Ich wüsste nicht."

„Das sollten Sie aber. Niemand kennt sich hier so gut aus wie sie, hab ich die Erfahrung gemacht. Lebt ja auch im Wald, ich weiß nicht, seit wie viel Jahren."

Spitzfaden erzählt von einer offenbar geistig gestörten älteren Frau, die seit Jahrzehnten in den Wäldern um den Fleckenstein haust. Die Behörden scheinen „die Mukolina", wie sie von den Leuten genannt wird, zu dulden. Während seiner Erkundungen am Krappenfelsen und einer dieser zahlreichen Ruinen in der Nähe, dem Fuchsberg, ist der Fotograf der zerzausten Alten immer wieder begegnet.

„Was die alles zu erzählen hat, das sollten Sie sich auf keinen Fall entgehen lassen."

„Haben Sie die Frau getroffen, nachdem ..."

„Nachdem der Kletterer verschwunden ist? Nein. Aber vielleicht weiß sie was. Wenn jemand, dann die."

„Wissen Sie, ob sie von der Polizei vernommen wurde?"

„Keine Ahnung. Ich nehm's aber an."

Lieberstein nimmt die Fotografien entgegen. Er rundet die Summe deutlich nach oben auf. Als er dem künftigen Biennale-Star zum Abschied die Hand reicht, hält er noch einmal inne.

„Entschuldigen Sie, wenn ich frage ... Ihr Name ..."

Wieder dieses rhythmisierte Künstlerlachen. „Ist eine Komposition aus den hauptsächlichen Stilrichtungen, die mich beeinflusst haben: die nordisch-romantische und die hellenische. Nur der Spitzfaden, der ist echt."

Martine stoppt ihren Wagen auf dem Waldparkplatz unterhalb der Fleckenstein. Justus, ein halbe Stunde zu früh eingetroffen, öffnet die Beifahrertür. Er schmunzelt.

„Also, das hätte ich nicht gedacht: pünktlich auf die Sekunde! Man hat mir immer gesagt, in Frankreich nimmt man das nicht so genau."

Seine Chauffeurin, ungerührt von dem halben Kompliment, klärt ihn auf, dass in ihrem Land mehrere ins Extrem ausgeprägte Grundtypen aufträten: Die Schnoddrigen aus den Weinregionen, die immer zu spät kommen; die Tiefenentspannten aus dem Süden, die überhaupt nicht kommen, sondern kommen lassen, und dann sind sie nicht zu Hause; und die Hyperexakten – „und die sind strenger, als die strengsten Preußen sich das träumen lassen. Dieser Gruppierung dürfen Sie mich zurechnen, Monsieur Justus."

Lieberstein nickt anerkennend. Jetzt hat diese Frau auch noch Humor! Zu Anfang ihrer Begegnung an der Theke von

Cléebourg hatte er noch angenommen, dieser perfekt geschminkte, gefühlsneutrale Mund komme vollkommen ohne Lächeln aus. Dass sie so schnell Brüderschaft getrunken haben, lässt sich wohl vor allem auf den Einfluss des Pinot Gris zurückführen; den Vornamen mit einem „Sie" zu garnieren, das passt eigentlich viel besser ...

Auf dem Weg zur Hütte der Mukolina tauschen die beiden die Ergebnisse des Morgens aus. Es ist erstaunlich, wie rückhaltlos sie die Faktenlage besprechen, zumindest scheint es beiden so.

„Das hätte ich nicht vermutet", überlegt Justus. „Wie mysteriös doch dieses Elsass ist! Viele hier oben im Wald scheinen irgendwie Angst zu haben. Komisch. Bis gestern bestand die Gegend für mich komplett aus Weintrinken und Foie gras und rotköpfigen Winzern, die sich beidem widmen."

„Tja, die Ebene, die Osthänge der Vogesen, da mag das zutreffen", stimmt Martine teilweise zu. „Aber wagen Sie sich über den Berggrat, da ist alles anders. Falsch, nicht alles: Man profitiert noch von der Helligkeit der Ebene. Aber oft ist es auch sehr dunkel hier. Vieles ist dunkel, glauben Sie mir. – Sie kennen die Pfalz, die Südpfalz?"

„Nicht sehr gut, nein, leider."

„Da ist es eigentlich dasselbe. Fast. Im Elsass kommt noch etwas Verfeinerung dazu. Aber die Südpfalz hat gleichgezogen, was den Wein anbetrifft. Hätte ich nie gedacht ..."

Rouauld berichtet von einer Recherchetour vor wenigen Jahren, die sie immer wieder von Wissembourg in die Weinbauorte südwestlich von Landau geführt habe. „Wie die Leute dort das Leben nehmen, das hat mich beeindruckt. Schier das Gegenteil von dem, was man uns immer über die Deutschen erzählt hat. Diese üppigen Feste, diese prachtvollen Weingüter

– fantastisch. Aber spazieren Sie mal ein paar Kilometer in den Wald hinein, hinter die sieben Berge ... Da gibt es Orte, in denen nur noch Alte wohnen. Eine Stimmung herrscht da, zum Ersticken. Und das setzt sich fort, bis in die Westpfalz rüber, wo eigentlich gar keiner wohnen will. Sehen Sie, der Wald macht die Menschen finster. Er macht uns kaputt. Wir sollen da nicht leben."

„Also war's doch keine schlechte Idee von unseren Vorfahren, als sie raus sind in die Savanne", überlegt Justus.

„Wahrscheinlich nicht." Martine lenkt das Auto auf einen Schotterweg, der in ein dichtes Gehölz mündet. „Schauen Sie doch bitte mal auf die Karte. Hier müssen wir lang, oder?"

Liebersteins Handy zeigt keinen Empfang. Es braucht eine Weile, bis er die Position auf der Wanderkarte des Vogesenclubs eruiert hat. Noch zweimal biegen sie von Nebentälern in Nebentäler ab. Der Weg ist nur noch unzureichend befestigt. Die Bäume hängen so dicht über den Bachlauf, an dem sie langsam entlangfahren, dass es fast aussieht, als hätte die Dämmerung eingesetzt.

„Wenn es jetzt regnet, stecken wir fest. Ich hoffe, Sie haben eine Machete dabei."

Als sie allmählich zu zweifeln anfangen, ob die Angaben des Fotografen präzise genug waren, machen sie am Ende eines Seitenweges einen Verschlag aus, von Knöterich überwuchert, mit vermoderten Brettern, geklauten Verkehrsschildern, Wellblech und sehr viel Plastik zusammengehalten.

„Hoffentlich ist es nicht das." Spuren von Abscheu zeigen sich in Martines Antlitz.

„Ich fürchte, viel luxuriöser bekommen wir's nicht, hier draußen." Angestrengt beugt sich Justus vor, um irgendeine Art von Eingang ausfindig zu machen.

Beklommen und voller Missbehagen verlassen die Ermittler das Auto. Keine Brise weht durch dieses zugekrautete Tälchen; es ist stickig, schwül, die Luft wirkt dumpfig, abgestanden. Nur mühsam schiebt sich das Bächlein über den moosigen Grund. Es führt fast kein Wasser – seltsam, nach den wochenlangen Regenfällen. Lieberstein wendet den Blick nach oben; vor allem aus Ahorn und Tannen besteht hier der Mischwald, sehr hoch sind diese Stämme, denen etwas Ledriges eignet, gewachsen. Das Blätterdach ist nahezu geschlossen. Am Boden Heidelbeeren, braunes Laub, graurotes Gestein. Nur am Bach und um das Hüttchen herum haben sich ein paar Sträucher angesiedelt, Brennnesseln, Goldruten; ihr glosendes Gelb ist die einzige Farbe hier unten, abgesehen vom verwaschenen Hellblau der Schilder vorm Verschlag.

Ächzend zwängt sich Lieberstein durch die Brennnesseln, umrundet die Behausung, indessen Rouauld aus allen möglichen Blickwinkeln Fotos schießt.

„Nee“, reibt sich der von Ästchen und Blättchen Übersäte die Arme, „ich glaube fast, wir sind falsch.“

„Habe auch den Eindruck, dass hier niemand wohnt“, ergänzt Martine. „Zumindest nicht mehr.“

„Wäre auch ziemlich schrecklich. Stellen Sie sich vor: hier leben müssen! Schauderhaft.“

„Ja. Das will man keinem Menschen wünschen.“

„So, es gefällt Euch also nicht, mein kleines Schlösschen, wie?“

Martine und Justus schauen sich erschrocken um. Die Stimme – keine raue, quäkende Hexenstimme, durchaus nicht, eher eine warme, mütterliche Stimme –, wo kommt sie nur her?

Erst als die Frau weiterspricht, erkennen sie die rundliche, schwarz gekleidete Person, die wenige Meter von ihnen entfernt hinter einer Art Pergola aus rostigen Sparren auf der Veranda sitzt.

„Ich sage Ihnen – alles eine Sache der Gewöhnung. Wenn Sie wüssten, wie ich vor zwanzig Jahren gewohnt hab ... egal. Was wollen Sie hier? Möchten Sie nicht reinkommen?"

„Gern", lügt Justus. „Wo ist der Eingang?"

„Oh, stimmt, ich denke nie daran, wenn Besuch kommt. Vielleicht deswegen, weil das nie der Fall ist, hihi."

Unter Seufzern erhebt sich die Kleinwüchsige und stößt ein Türchen auf. Knöterichblüten rieseln herunter. In dem Verhau ist es für Lieberstein unmöglich, aufrecht zu stehen. Er sieht sich um, befürchtet, etwas Spinnwebartiges von der Decke könnte ihm in den Haaren hängen bleiben. Martine Rouauld kann sich nicht entschließen, die Behausung zu betreten; schon von außen riecht es fuchsig, beißend, widerwärtig. Ratten- und Taubenkadaver, Salmiak, Urin.

„Wir müssen hier durch. Drinnen hab ich Stühle. Na so was", kichert die Einsiedlerin, „ ich hab Gäste!"

Endlich fasst sich Justus ein Herz. Ihn selbst ekelt es schon übergenug, doch als er Martines leidvoll verzerrtes Gesicht sieht, gibt ihm dies den entscheidenden Impuls: „Entschuldigen Sie, Madame Mukolina, aber ich ... habe Asthma. Wäre es nicht möglich, dass wir uns im Freien unterhalten?"

„Ah, Asthma. Das ist schlimm. Ich kannte viele Leute, die an Asthma litten. Sind alle schon tot. Verröchelt. Das ist richtig populär geworden, eine Volkskrankheit, nicht?"

Als die Mukolina aus dem Hütten- in den Waldschatten tritt, können die Besucher ihre Erscheinung in Gänze wahrnehmen: nicht ganz so verwahrlost, wie es den Anschein hatte, doch in jeder Hinsicht einem Menschen entsprechend, der seit Langem nicht mehr der Wonnen der Zivilisation teilhaftig ist. Die schwarz-weiß gemusterten Haare stehen wirr um den breiten Kopf. Aus verschiedensten Materialien ist die Bekleidung zusammengestoppelt, aber alles schwarz. Auch die klobigen Schuhe sind schwarz.

„Sagen Sie nicht Madame. Mukolina reicht. Und wenn Sie finden, dass es stinkt, quasseln Sie nicht von Asthma."

Justus will sich verteidigen, doch seine Begleiterin schneidet ihm das Wort ab: „Wir wollen Sie nicht stören, Madame ..."

„Schon wieder Madame! Ich habe doch gesagt ... Egal. Wer hat Euch erzählt, wo ich wohne?"

„Hermes Ossian Spitzfaden", grinst Justus.

„Ah, der Fotograf. Ein hübscher Kerl, nicht? Schicker Bart." Die Mukolina fixiert Martine Rouauld: „Finden Sie nicht auch, dass er hübsch ist?"

Diesmal drängt sich Lieberstein vor. „Madame Rouauld war nicht dabei, als ich ihn besucht habe."

„Ah, so. Sie waren bei ihm? Wie finden Sie seine Arbeiten? Sehr begabt, oder?"

Justus lässt seinen Blick schweifen. Seine nervöse Mitstreiterin hält Abstand, beschäftigt sich mit dem Autoschlüssel. Die Mukolina lehnt am Knöterichzaun und schaut unverwandt von einem zum andern.

Der Rheinländer seufzt: „Ehrlich gesagt, sein Ansatz ist mir zu abstrakt. Ich fühle nichts dabei."

„Sehr gut. Hab ich ihm auch gesagt. Solche Kunst braucht keine Sau, hab ich ihm gesagt. Das ist schlimmer als Beschäftigungstherapie. Hab ihn trotzdem gern. Weil er so hübsch ist. So. Und wir wollen hier so stehen bleiben, ja?"

„Für uns ist das kein Problem", wirft Rouauld ein.

„Das freut mich aufrichtig. Dass ich unter Hüftschmerzen leide, ist Ihnen aber egal, ja?"

„Ganz und gar nicht", kehrt Lieberstein den Gentleman hervor. „Darf ich Ihnen einen Stuhl von drinnen holen."

„Ach, lassen Sie das. Was wollen Sie denn jetzt eigentlich von mir? Sind Sie von der Behörde oder was?"

Die Ermittlerin im Kostüm versucht ein Lächeln. „Ganz und gar nicht. Wir suchen einen jungen Mann, mindestens so hübsch wie der Fotograf. Kennen Sie den Krappenfelsen, Madame?"

„Noch einmal, und ich werfe Ihnen ...", zischt die Mukolina. Dann äfft sie dieses kapriziöse Lächeln nach. „Oh ja, meine Gnädigste. Den Krappenfelsen kenne ich sehr wohl." Weniger provozierend, fügt sie an: „Sie wissen, dass er innen hohl ist?"

„Hohl? Nein, überhaupt nicht!", gibt Lieberstein zu. „Ist das wahr?"

„Nein, ich denke es mir nur aus. Entschuldigen Sie, ich bin an die verschnörkelten Kommunikationsformen der Spießer nicht mehr gewöhnt", kichert die Mukolina. Dabei wird ihr nur noch spärlich vorhandenes Gebiss sichtbar. „Ich bin ganz gerne ein wenig geradeaus, verstehen Sie? Von so jemandem erwartet man das doch, oder? Von so einer alten Hüttenhexe, dass sie ein bisschen vulgär ist, oder? Mach ich das ordentlich? Bin ich gut?"

Als sie keine Antwort erhält, fährt sie fort. Immer noch wandert ihr Blick hin und her, einem imaginären Gleichtakt folgend. „Also gut, Euch geht's um den armen Jungen, den der Felsen geholt hat, ja?"

„Der Felsen? Lennart von der Aue. Sie haben davon gehört?"

Martine rückt noch ein Stückchen von der Waldfrau ab – eine Ahnung von Bovist ist ihr in die Nase gezogen.

„Ich? Davon mitbekommen? Ja, wer denn sonst, Ihr Lieben? Ich habe doch nichts anderes zu tun, wissen Sie, als den lieben langen Tag im Gebirge rumzustreifen und alles mitzukriegen, verstehen Sie? – Übrigens, können Sie nachvollziehen, dass die Vermutung, die andere Seite sei ein bisschen matt in der Birne, immer auf Gegenseitigkeit beruht?"

Justus versucht, seinem Grinsen genügend Neugierde beizumischen. Doch schon beginnt die Mukolina ihren Monolog, beständig hin- und herblickend, gehorsam dem Metronom ihrer Augen. Eine Viertelstunde lang knüpft sie Assoziation an Assoziation. Ihre Worte sind wohlgesetzt, sodass die Besucher nebenbei ununterbrochen rätseln, was diese Aussteigerin der Nordvogesen früher bloß gewesen sein mag. Eine Lehrerin vielleicht? Journalistin? Jemand von der Uni?

Martine und Justus vernehmen eine krude Geschichte, prall von Daten, deren Wahrheitsgehalt unüberprüfbar bleiben dürfte. Immer wieder kommt die Mukolina auf die „unglaubliche Arglosigkeit der Leute" zu sprechen.

„Das bisschen Zivilisation ... Wie kann man sich nur so verflucht ernst nehmen? Alles nur Staffage, nicht wahr? Das Einzige, was immer währt, ist die Armut, verstehen Sie? Sie ist unsere Natur. Die Natur ist unsere Armut."

Seit den ältesten Tagen, orakelt sie, sei der Krappenfelsen ausgehöhlt. Vom Fleckenstein aus führe ein Wegesystem durch den Wald, zyklopisch, eine Verbindung von Bergwerksstollen und brüchigen Höhlen. Sie selbst sei früher viel darin herumgekrochen – jetzt sei sie leider zu dick dazu, das gute Essen ... Vom Burgbrunnen aus führe ein gut befestigter, nur am Eingang zugeschütteter Stollen etwa anderthalb Kilometer unter dem Wald durch, direkt zum Krappenfelsen. Das sei der einzige Einstieg, bis auf eine winzige Stelle mitten im Fels, so eine Art Türchen – woher es stamme, keine Ahnung. Nachts stehe es manchmal offen, aber wirklich nur sehr selten. – Ob sich die Herrschaften schon einmal Gedanken gemacht hätten, woher der Name stamme, nein? Krappen, Krabben, englisch: to grap, wenn sie sich recht entsinne ... Na? Nichts? Natürlich komme das von grapschen, zugreifen, zwicken – das sei doch eindeutig, oder? Kralle, Klaue, das habe alles damit zu tun.

„Also ein gefährlicher Felsen, das ist mal klar. – Von den Weißmützen haben Sie auch nichts gehört?"

„Weißkappen? Ist das eine Pilzart?", versucht sich Lieberstein, der zunehmend verunsichert dreinblickt, an einer Deutung.

Die Mukolina lacht herzlich. „Sie sind mir einer! Eine Pilzart ... sehr gut. Ob die wohl schmecken?"

Nein, leider, so harmlos sei das alles nicht. Diese Weißkappen – nun ja, das wisse man nicht so genau. Sie selbst habe nur zweimal, nein dreimal mit eigenen Augen welche gesehen, wie sie durch die Wälder zogen, übrigens tatsächlich oberhalb vom Krappenfelsen. Ja, das sei am wahrscheinlichsten: Die Weißkappen haben den Hübschen geholt. Genau, die Weißkappen.

Ob sie denn etwas wisse über diese ... Gestalten? Und warum sie denn so genannt würden, fragt Martine.

„Sie sind ja eine Einfältige, Sie! Na, weil sie weiße Kappen tragen! Eigentlich ist ihre ganze Kleidung weiß, so viel ich sehen konnte."

Wie lange es sie schon gebe, wisse sie nicht, vielleicht seit Kurzem, vielleicht seit Jahrhunderten. Jedenfalls, mittlerweile kämen sie mit dem Auto. Kleinlaster brächten sie, setzten die

Kerlchen mitten im Dickicht aus. Und dann huschten sie zielstrebig irgendwohin. Ihr selbst sei das alles ein Rätsel. Sie mache einen Bogen um die Gegend. Meistens.

„Und an dem Tag, ich meine, als von der Aue verschwunden ist", bemüht sich Justus um Sachlichkeit, „waren Sie da nicht in der Nähe?"

„Hm, hm", schmunzelt die Mukolina. „Vielleicht, vielleicht nicht. Ich weiß nicht mehr."

„Also haben Sie gar nichts bemerkt, gar nichts? Vielleicht den armen Kerl durch den Wald irren sehen?"

„Vielleicht, vielleicht nicht. Ich weiß nicht mehr."

Als die Alte zu summen beginnt, ihren breiten Kopf hin- und herwiegend wie bei einem uralten Kinderspiel, verständigen sich Rouauld und Lieberstein mit den Augen. Sie bedanken sich bei der Frau und wollen aufbrechen. Die Mukolina reagiert nicht. Sie bleibt stehen, wackelt mit dem Kopf und summt. Noch einmal wendet sich Rouauld zu ihr um.

„Madame Mukolina, wenn ich noch etwas fragen darf ..."

„Nein, nein."

„Warum leben Sie hier so alleine? Wollen Sie uns das nicht erzählen?"

„Nein, nein. Nicht Madame sagen."

„Aber doch."

„Aber nein."

„Darf ich Sie fragen, was Sie früher gemacht haben? Wie Sie reden, da bekommt man den Eindruck, als ob Sie ..."

„Nein. Leben Sie wohl."

„Nun gut. Leben Sie wohl."

Die Mukolina wartet ab, bis die Motorengeräusche in der Ferne verebbt sind. Es fällt ihr etwas ein ... Stand das nicht auf einem Plakat, damals? Ein Kampfspruch aus großer Zeit?

1967? Berlin? Sie weiß es nicht mehr. „Was hat Mama gesagt? Bei Staatsschutz und Polizei die Fresse halten.“

Die Mukolina schmunzelt. Erhebt sich. Und zwängt sich in ihr Sammelstübchen hinüber, wo sie all die Dinge aufbewahrt, die ihr der Wald zusteckt wie Botschaften, wie Kassiber. Viele winzige Skelette sind darunter, von Mardern, von Füchsen, von Wer-weiß-nicht-wem. Jackenknöpfe aus Gold und aus Horn. Mützen. Schuhe. Ein Wanderbuch. Ein Tagebuch. Notizen. Vorgestern hat sie ein paar Zettel in die Hand bekommen. Vielleicht hätten sich die beiden Spinner eben für die zerknäulten, feucht gewordenen, beschmutzten Blätter interessiert. Vielleicht wären sie bereit gewesen, etwas dafür zu bezahlen. Aber manche Dinge verkauft man nicht, obwohl es Schätze sind. Weil sie keinen was angehen. Weil sie ihr gehören. Die Mukolina liest:

Drei hohe, mit schwarzen Netzen verhängte Wagen rollen langsam unter den Waldbäumen voran. Nichts ist zu hören außer dem Knistern der Zweige unter den Rädern, dem Gerassel der Spannketten über der Ladung. Kein Licht erhellt den Fahrern den Weg. Stattdessen gehen Schaftstiefel tragende Männer an den Vorderseiten und kontrollieren die Fahrt, beständig ansteigend auf schlecht geschotterter Piste.

Wann sie aufgebrochen sind, es lässt sich nicht sagen. Unvorstellbar, dass dieser verschwiegene Zug schon am Tag unterwegs war: Wer diesen klobigen, mit mannshohen Rädern versehenen Transportgeräten jetzt begegnete, in diesem abgelegenen Höhengebiet, würde unweigerlich einen Schrecken davontragen – nicht allein der Überraschung wegen, unvermittelt zu nächtlicher Stunde auf ein in unbekanntem Auftrag vorrückendes Kommando zu treffen, sondern vor allem der riesenhaften Ausdeh-

nung und auf eigentümliche Weise Gewalt verheißenden Form dieser Gefährte wegen. Zweistöckig sind sie, wie seit Jahrhunderten üblich: vorne der kleinere Kutschbock, dahinter die Fracht, die eine besondere sein muss, eine, die man vor den Augen des Tages verbirgt.

Welche Kräfte haben die Menschen nicht aufgewandt zu allen Zeiten, um Gegenstände unbemerkt von einem Ort zum anderen zu schaffen; mit dem gleichen Aufwand hätte man Städte bauen, Moore trockenlegen, Meere eindämmen können. Berühmte Unternehmungen wären zu nennen, ungeheuerliche Anstrengungen, deren Gigantomanie nicht selten in schlechtem Verhältnis zum Erfolg stand. Ganze Schiffsflotten wurden zerlegt, um sie Stück für Stück übers Gebirge zu schaffen, auf der anderen Seite wieder zusammenzubauen, dem Feind mit plötzlicher Übermacht zu begegnen; Geschütze von unvorstellbarem Gewicht schleiften und zogen und wälzten Ochsen treibende Artilleristen im Schutz der Dunkelheit hin zu erhöhten Stellungen, und die Gegenseite, eben noch in der Gewissheit, nichts Schlimmes könne ihr widerfahren in ihrer Festung, blickte des Morgens voller Entsetzen in die gewaltige Öffnung des Kanonenrohrs; es geht die Kunde, dass schon die Herrscher der Vorzeit Material von Gewicht und Masse einer Hügelkette transportieren ließen, um Seen zu stauen, Flüsse umzuleiten, damit die Elenden, die es gewagt hatten, ihnen zu widerstehen, bis zu diesem Augenblick ahnungslos über ihr Schicksal, wie von einem himmlischen Strafgericht dabei hinweggespült würden.

Ohne Zahl sind die Opfer, die derartigen auf Verderb und Auslöschung von Fremden zielenden Unterfangen auch im eigenen Lager gebracht wurden: Sklaven, die unter den Lasten zusammenbrachen; Wagenlenker, die zwischen Fracht und Räder rutschten; flankierende Soldaten, die in Schluchten stürzten, in Sümpfen versanken, aus dem Dickicht getroffen wurden ... Doch all dies zählte nichts, wurde kaum bemerkt, wenn der hybride Wille des Heerführers das Ziel ausgegeben und schließlich erreicht hatte. Dann versank mit den so grausam zu Tode Gekommenen auch die Erinnerung an sie, und die nächste Generation konnte antreten, denselben Irrsinn zu wiederholen, immer und immer wieder, vielleicht unter noch besseren technischen Voraussetzungen, doch stets mit der nämlichen Rücksichtslosigkeit und Menschenverachtung. – Die Kolonne der drei gewaltigen Gefährte schwenkt in eine Kurve ein. Ohne die Fahrt zu verlangsamen, biegen sie in einen Waldweg, so schmal, dass nichts mehr von ihnen zu sehen ist, sobald die Rückfront des letzten Wagens zwischen den Fichten verschwindet.

Ferme Auberge du Moulin des 7 Fontaines

Bis zur Landstraße sprechen Martine und Justus kein Wort. Es herrscht eine gewisse Beklommenheit, gespeist aus der Erkenntnis, wie nahe Individualität und Verschrobenheit doch beieinanderliegen ... Erst auf der Höhe, als sich der Blick über die Wipfel dieses verlorenen Tales weitet, atmet Justus durch: „Unfassbar. Eine Tür. Mitten im Felsen! Damit wäre ja alles geklärt. Klar: Der Kletterer klettert, die Tür geht auf, er krabbelt rein. Dass ich da nicht früher drauf gekommen bin ..."

„Bitte hören Sie auf."

„Was fangen wir jetzt damit an, mit dieser ... surrealen Poesie?"

„Noch gar nichts." Die Fahrerin wirkt gestresst, sogar ein wenig gereizt. „Ich brauche Abstand zu dem Quatsch. Essen wir zusammen?"

Als hätte ihm jemand ein rasch wirksames Aufputschmittel verabreicht, schnellt Lieberstein aus dem Beifahrersitz. „Aber selbstverständlich! Ich habe einen unmenschlichen Appetit."

Als sie in den Hof der in einem Waldtal an einem wasserreichen Bachlauf gelegenen Ferme Auberge du Moulin des 7 Fontaines einfahren, huschen ein paar Katzen vor dem Auto davon. Ein Gefühl von Nachhausekommen bemächtigt sich der Gäste. Justus fallen die Kaninchenställe auf; die Flüssigkeitsversorgung wird über Crémant-Flaschen geregelt. So etwas gibt es auch nur in Frankreich, schmunzelt er in sich hinein. Ahnungsvoll fragt er Madame Finck, die Hausherrin, die mit einer Wanne voller Kartoffelteig aus der Türe tritt, ob er vielleicht für eine Nacht in der Mühle bleiben könne? Er hat Glück: In der ehemaligen Ölmühle, ausgebaut zu behaglichen Fachwerkzimmern, ist noch ein Zimmer frei. Ergriffen schnappt sich der Erschöpfte den Schlüssel. Von schierer Dankbarkeit gepackt, wirft er sich aufs Bett und rollt sich ein wie ein Kater nach hitzigem Kampf.

Es ist schon dunkel, als das Ermittlerduo in dem würfelförmigen Gastraum mit den hohen Wänden Platz nimmt. Weiße Papierdeckchen, hochstielige Weingläser und eine Speisekarte, die alle Glückseligkeiten aufbietet, die der Gourmet mit dem Elsass in Verbindung bringt, sorgen für Ablenkung von unsicheren Gedanken. Doch es bedarf einer guten Portion cremiger Foie gras de canard, umspielt von den süßen Goldbröckchen des Weingelees, einer Flasche Gewürztraminer von der Cave de Cléebourg, zweier Bouteillen Pinot Gris (dem bürokratischer Unverstand den treffenden Beinamen „Tokay“ vor Jahren entrissen hat), eines Vorspeisentellers mit den unterschiedlichsten Entenspezialitäten in allen Rottönen dieser Erde sowie einer prachtvollen, am Rande knusprig gebratenen Entenbrust mit Grumbeerknepfle in Knoblauch-Sahnesauce und Salat, bis sich ein gewisses Selbstgefühl, ein neues Zutrauen zur Schöpfung und ihrer logischen Schönheit eingestellt hat.

„Und was machen wir morgen?“, fragt Justus, nachdem er den abschließenden Framboise von der Brennerei Hoeffler aus Lobsann entgegengenommen und mit Wohlgefallen daran geschnuppert hat.

„Ich weiß es noch nicht.“ Martine, immer noch verstört von dem Unsinn, den ihnen die Mukolina aufgetischt hat, stellt den kleinen schwarzen Kaffee auf den Tisch zurück.

„Vielleicht doch einmal die Pläne studieren? Von diesem Château? Und von diesen Stollen im Erdreich, falls es sie gibt? Aber ich frage Sie: Bringt uns das weiter?"

„Oh, bitte heute nichts mehr von unterirdischen Gängen, die dann immer enger werden ... und am Ende ... kriecht man seinem Schicksal entgegen. Brrr!" Justus schauert zusammen. „Sonst träum ich noch schlecht."

„Sie haben recht", nickt Martine. „Solche Träume wünscht man eigentlich keinem."

Château de Fleckenstein

„Wünsche guten Morgen. Habe mich bereits auf Recherche begeben. Schlage Treffen am Krappenfelsen 17 Uhr vor. Nochmalige Inaugenscheinnahme nötig. Justus."

Martine wundert sich über die sachliche Notiz, die ihr am Morgen vor die Füße fällt, als sie die Zimmertür öffnet. Nun gut – vielleicht sollte man doch wieder ein wenig mehr auf den Fortgang der eigenen Recherchearbeit achten; über Geld und diese Dinge nämlich hat man noch gar nicht gesprochen. Martine kann nur ahnen, was Lennarts Vater diesem Justus angeboten hat ... Trotzdem, ihrem Gefühl nach dürfte die von Madame von der Aue ausgesetzte Summe, direkt zahlbar in bar bei Wiederauffindung des Sohnes ohne Abzug, um einiges höher ausfallen. Würden sie denn wirklich teilen, der fidele Rheinländer und sie? Wie Brüderchen und Schwesterchen? So intim sind die Bindungen denn doch nicht. Nein, keinesfalls.

Bei drei Tassen schachtschwarzen Kaffees und einem halben Honigbrötchen durchdenkt Martine den Stand der Dinge. Was haben die Befragungen denn bislang erbracht? Allerlei Schauermärchen, ein paar krude Theorien, aber so gut wie nichts Konkretes. Augenblicklich spricht einiges dafür, dass die Vorgehensweise der Polizei auf reiflicher Überlegung beruht. Es wird wohl doch so sein, dass sich der Gesuchte nur ein wenig wichtig machen will; endlich wird er doch auftauchen mit jugendlichem Tamtam. Rührende Versöhnung, Treueschwüre, Heiratsversprechen. Und wieder Streit. Und wieder trennen sie sich. Diese ach so schöne Arlette wird ohnehin nicht lang alleine bleiben. Vermutlich wartet in Strasbourg schon der nächste Kandidat. Es ist die altbekannte aufsteigende Linie: älterer Schulkamerad, begabter Student, hoffnungsvoller Junganwalt, Industrieller mit Knete. Und danach? Liebhaber. Unzufriedenheit. Wie öde, das alles.

Bis auf einen Herrn mittleren Alters, wohl zur Familie gehörig, der am anderen Ende des Raumes die Zeitung studiert, ist die Gaststube leer an diesem Morgen. Ja, so ein bisschen Ausnüchterung tut wohl. Auch das Schweigen behagt Martines Nerven. Ab und zu bringt das Radio idiotische Lokalnachrichten. Was geht sie das an? Ganz entgegen ihrer Gewohnheit hat Martine in den vergangenen Tagen beinahe durchgehend gequasselt. Es wäre ihr allerdings lieber, dieses Geplauder hätte ihr weniger gut gefallen – am Ende stellt man noch fest, wie einsam man ist. „Nochmalige Inaugenscheinnahme nötig." Wie romantisch.

Draußen ist noch kaum was zu erkennen. Wo sind denn all die Katzen hin? Martine Rouauld entschließt sich, ein paar Schritte spazieren zu gehen, an den taufeuchten Weiden vorbei. Hellgelber Dunst brütet über der Ebene. Der Rauch aus ihrer Zigarette vermischt sich mit dem Bodennebel. Nach und nach drängt sich das Gefasel von dieser Mukolina wieder ins Bewusstsein. Stets dieselben Geschichten, wenn es um alte Burgen, legendenumsponnene Naturdenkmäler geht. Immer wird vermutet, in der Erde sei die Lösung vergraben. Ja, welche denn? Wenn das mal so einfach wäre! Aber wo soll sie sonst weitermachen? Irgendetwas will diese anspruchsvolle Auftraggeberin schließlich in die Hand bekommen! Schwierig. Äußerst schwierig.

Drei Telefonate später ist die richtige Ansprechpartnerin ausfindig gemacht, eine Spezialistin vom Deutschen Archäologischen Institut, derzeit beschäftigt am Institut für Baugeschichte an der Hochschule Karlsruhe: Anna Unterweger. In den Neunzigern hat sie, wie der Wikipedia-Eintrag belegt, an Ausgrabungen auf der Ruine Fleckenstein teilgenommen. Ein Dokumentar aus Wissembourg ist der Ansicht, die Expertin müsse über Kartenmaterial verfügen, das öffentlich bislang nicht zugänglich ist. Dummerweise ist Anna Unterweger an diesem Morgen nicht zu erreichen. Nur nicht aufgeben. Martine versucht es wieder und wieder bei der Institutszentrale – und erhält schließlich die Auskunft, Frau Unterweger befinde sich bis 11 Uhr in einer Sitzung. Nun, das wird knapp. Spontan packt die Ermittlerin ihre Tasche, streift die Kostümjacke über und eilt mit festen Schritten über den Hof zum Auto.

Als sie nach gut anderthalb Stunden diesem verfluchten Stau auf der Rheinbrücke entkommt und endlich am Haupteingang des Institutsgebäudes eintrifft, ist es schon zu spät. Vermutlich wird sich die Herrin der unterirdischen Gänge längst in irgendein lichtgeschütztes Archiv zurückgezogen haben ...

„Frau Dr. Unterweger müsste im Augenblick in ihrem Büro sein. Wen darf ich melden?“

Sehr zu ihrem Ärger erfährt Martine Rouauld, dass die Dame bereits Besuch hat. Schon wieder warten – nein, das ist nichts für sie. Dreimal pocht sie halblaut an die Bürotür und drückt die Klinke. Ein Herr sitzt dem Schreibtisch gegenüber, mit dem Rücken zur Tür. Er hält eine Landkarte in Händen.

„Entschuldigen Sie, ist Frau Dr. Unterweger ...“

„Martine! Da sind Sie ja, wie schön. Schauen Sie mal, das ist doch wirklich interessant ...“

„Schon wieder Sie!“ Verblüfft schüttelt Martine Justus Liebersteins ausgestreckte Hand.

„Da hatten wir ja beide denselben Riecher. Nicht zu glauben! Ein Dream-Team, wie man so sagt.“

„Was erlauben Sie sich? Warum verdammt noch mal sind wir nicht zusammen hergefahren? Hatten wir nicht ...“ Martine bemüht sich zu zischen, nicht zu schreien.

Doch schon nähert sich eine groß gewachsene, unvorteilhaft gekleidete Dame aus dem Nebenzimmer, einen Stapel Akten und Kartenmaterial balancierend. Fragend schaut sie zu Lieberstein, der die Unverschämtheit besitzt, Martine als seine Mitarbeiterin vorzustellen. Sie schluckt. Unverständliches murmelnd, bittet die Wissenschaftlerin um Nachsicht; sie sei seinerzeit, 1997, nur einige Wochen mit der Aufgabe betraut gewesen, bei der Kartierung des Gängesystems zu assistieren; demzufolge gebe es verschiedene Experten, die weitaus besser Auskunft geben könnten, René Kill etwa. Andererseits, die aktuellen Karten habe sie in der Tat so gut wie komplett vorrätig. Martine mimt konzentrierten Sachverstand. Am liebsten hätte sie Lieberstein eine gescheuert.

„So, da gucken wir doch mal“, deutet die schwere Frau auf einen für Laien unentwirrbaren Linienknoten, „da sind die oberirdischen Wege. Und das da die Tunnel und Gänge unterhalb der Burg, sehen Sie das? Hier geht’s rüber, in Richtung Gimbelhof, das wollten Sie ja wissen. Mehr konnten wir damals nicht erfassen. Das Geld war alle.“

„Woher stammt das denn alles? Wozu hat man denn so furchtbar viele Hohlräume in diesen Berg getrieben? Und wann?“, reißt Martine die Initiative an sich, knapp bevor Justus etwas anmerken kann.

„Nun, das ist ganz interessant." Anna Unterweger zeigt auf eine Doktorarbeit, die halb über den Schreibtisch lappt und endlich zu Boden rauscht. „Darüber hat eine ehemalige Kommilitonin – hupps – von mir geforscht. Die ältesten Tiefgrabungen stammen wohl aus der Keltenzeit. Die meisten aus dem Hochmittelalter. Das ganze Gebiet ist voller Gräber und Löcher, in die man, wenn man Pech hat, hineinplumpsen kann. Dass rund um den Fleckenstein massiv Erzabbau stattgefunden hat, wissen Sie?"

„Ehrlich gesagt, nein."

„Auch das hat zu zahlreichen Hohlräumen geführt. Die neuesten, natürlich mithilfe von schwerem Gerät ausgehobenen Tiefbauten gehören zur Maginot-Linie. Dreißiger Jahre."

„Frau Dr. Unterweger, wie Ihnen Herr Lieberstein sicher schon gesagt habe, untersuchen wir die Umstände, die zum Verschwinden eines jungen Mannes geführt haben; halten Sie es für möglich, dass ein Kletterer am Krappenfelsen in so ein Loch hineingestürzt ist? Also irgendetwas ... was weiß ich ... etwas schlecht Zugemauertes oder so? Eine Spalte im Fels, in der Art?"

„Der Krappenfelsen ... der Krappenfelsen ...", pflügt die Spezialistin mit breitem Zeigefinger durch Karte. „Da haben wir ihn. Tja. Wie mir Herr Lieberstein erzählt hat, wurde das Gelände von der Polizei abgesucht. Dann ist das wohl unwahrscheinlich, nicht?"

„Es kann also nicht sein, dass der arme Kerl irgendwo hineingeflutscht ist, wo er vielleicht nicht mehr herauskommt und dort gerade verhungert?", wirft Lieberstein ein.

„Gott, was sein kann, was nicht sein kann ... Wie viele Tage ist der vermeintliche Unfall denn her? Eine Woche, nicht wahr? Na, dann dürfte er's inzwischen überstanden haben, oder?"

Lieberstein zuckt zusammen. „Das wäre entsetzlich."

„Aber sehen Sie her", deutet Unterweger auf eine schnurgerade violette Linie. „Da wäre so ein Stollen, ich nehme an aus dem Mittelalter, der von der Ruine in Richtung Ihres Felsens führt. Das Ende ist gestrichelt. Ich nehme an, dass wir damals nicht weitergemacht haben, weil der Gang zugeschüttet ist. Überhaupt sind die meisten, eigentlich fast alle Stollen in einem sehr schlechten Zustand. Die Arbeit dort unten ist wirklich außerordentlich gefährlich ..."

„Haben Sie denn Aufzeichnungen, etwas Genaueres über diesen Stollen?", unterbricht Rouauld, der Vorstellung nachhängend, wie diese unförmige Wissenschaftlerin sich durch enge Höhlen wühlt.

„Sicher, da gibt es Grabungsnotizen", grübelt die Fachfrau. „Das steht alles hier in den Unterlagen." Der nächste Papierstapel flattert vom Schreibtisch. „Haben Sie einen Moment Zeit?"

„Aber ja." Lieberstein und Rouauld nicken parallel, amüsiert über die Tollpatschigkeit ihrer Gesprächspartnerin. Als der Deutsche flink all die Papiere zusammenklaubt und – wohlgeschichtet – mit Freundlichkeit auf den Schreibtisch zurücklegt, erwägt seine gekränkte Kollegin, ob sie ihm sein Fehlverhalten nicht allmählich verzeihen könnte ...

Es dauert über eine Viertelstunde, bis Dr. Anna Unterweger sämtliche fraglichen Details zusammengetragen hat. In der Tat, es handle sich um einen Stollen mit mehreren oberirdischen Zugängen, die allerdings verbarrikadiert oder zumindest aller Wahrscheinlichkeit nach zugekrautet seien.

Zwischen dem 13. und 15. Jahrhundert wurde dort Eisenerz abgebaut. Der Haupteinstieg liege direkt in der Burg – also eine doppelte Nutzung, zugleich als Fluchtweg. Der alte Eingang sei auf gleicher Höhe wie der Tiefbrunnen zu vermuten.

„Kommt man da rein?", will Justus wissen.

„Der Hauptbrunnen in der Mitte ist verfüllt. Für den untersten Teil lässt sich das nicht so genau sagen."

„Waren Sie selbst da drin?"

„Ich persönlich? Nein. Ich weiß ehrlich gesagt nicht, ob sich da jemand vom Team runtergetraut hat. Aber sehen Sie, vom vorderen Haus verläuft eine Treppe mitten durch den Felsen nach unten. Es könnte durchaus möglich sein, dass da mal ein Zugang war. Vielleicht war das ohnehin nötig, um den Brunnen zu reinigen. Nur eine Hypothese."

Beim Abschied bedanken sich die Gäste für die ausführlichen Informationen und für den Aufwand, den die Frau Doktor betrieben hat. Leider ist es ihnen nicht erlaubt, Kopien der Pläne anzufertigen. Martine will nicht so schnell aufgeben, da zwinkert ihr der Deutsche zu und weist mit den Augen auf sein Handy. Gar keine Frage – dieser Mensch ist ein Filou! Noch im Treppenhaus stellt ihn Martine zur Rede. Als Justus umstandslos in die Diskussion der Ergebnisse einsteigen will, würgt sie ihn kalt ab.

„Halt, mein Lieber. Was sollte das heute Morgen, hm?"

„Inwiefern, meine Beste?"

„Jetzt tun Sie doch nicht so! Hatten wir gestern nicht ausgemacht, gemeinsam weiterzumachen, in enger Kooperation und so weiter, hm?"

Lieberstein schmunzelt. „Was regen Sie sich auf? Ich hab doch vorgeschlagen, dass wir uns am Felsen treffen." Mit übertriebener Ehrerbietung hält er die Tür auf.

„Ja, sicher." Martine rauscht ohne Dank hindurch. „Und Sie hätten mir ganz bestimmt alles erzählt, was Sie hier erfahren haben, nicht wahr?"

Justus bleibt stehen und legt die Hand auf seine Brust. „Aber natürlich!"

„Schauen Sie nicht so bubenhaft drein. Dazu sind Sie zu alt. Außerdem glaube ich Ihnen kein Wort. Wir müssen uns unterhalten, unbedingt. Nicht zuletzt über Geld."

Martine drückt den Öffner und steigt ins Auto ein. Zögernd folgt Justus nach. Na so was, dieses Temperament! Irgendetwas muss er sich jetzt einfallen lassen. Da fährt die Fensterscheibe auf der Fahrerseite schon herunter.

„Wie sind Sie eigentlich hier?"

„Ich bin mit dem Zug gefahren. Von Weißenburg, Entschuldigung: von Wissembourg. Heute morgen, 8.09 Uhr. Absolut pünktlich, eure SNCF. Toll. Meinen Sie, es wäre möglich ..."

„Jetzt steigen Sie schon ein."

Mitten auf einer dieser streng geometrisch angeordneten Landstraßen durch den wildreichen Bienwald bemerkt die Fahrerin, dass sie ihre Verstimmtheit diesem unaufhörlich plaudernden Typen gegenüber längst schon simulieren muss. Zahllose Beispiele führt er an, wie er in der Vergangenheit immer wieder Leute verprellt habe, nur weil er manchmal zu unbedacht handle. Einfach zu unbedacht! Das sei alles. Spätestens als Justus seine Mutter als Kronzeugin für dieses anscheinend unkorrigierbare Fehlverhalten anführt, zwingt sie sich nicht mehr und lächelt.

„‚Warst du wieder zu überschießend, Just?', fragt sie mich immer. Und dann guckt sie wie vor vierzig Jahren. Und ich weiß nicht, was ich sagen soll."

„Sie haben enge familiäre Bindungen, wie es scheint“, kommentiert Rouauld, mit deutlich wärmerer Stimme.

„Ach, sie könnten enger sein“, wägt Lieberstein ab.

Nach einer skurrilen Einkaufstour durch einige Fachgeschäfte für Outdoor-Bedarf und im Anschluss an eine von leichten Pasteten dominierte Erholungspause am Ufer der Lauter zu Wissembourg begibt sich das wieder vereinte Team zur Ruine. Da Martine es vorzieht, den Wagen weit entfernt auf einem Waldweg abzustellen, müssen sie gut zwei Kilometer zu Fuß zurücklegen. Es dämmert. Justus Lieberstein trägt mehrere starke Seile über den Schultern und allerlei Karabinerhaken, Metallrollen und Spezialketten in der Hand. Beide hängen sie ein und demselben Gedanken nach: Besonders gut vorbereitet ist diese Aktion keineswegs ...

„Noch hundert Meter, und ich bin völlig entkräftet. Dann können Sie selbst in den Schacht hinuntersteigen.“

Martine schreitet unbeschwert aus. Lediglich ihre Handtasche und eine kleine Fleckenstein-Wanderkarte führt sie mit sich. „Das ist die Strafe, mein Lieber. Sie werden sehen: Nichts kräftigt den Charakter so sehr wie eine ordentliche Buße.“

„Gut. Wenn ich dann mit gekräftigtem Charakter und zerspelltem Haupt am Grunde des Brunnens liege, wissen Sie immerhin, dass ich mir zwei Jahre Fegefeuer erspart habe.“

„Anderhalb“, schätzt Martine. „Höchstens anderthalb.“

Seit über einer Stunde ist der offizielle Eingang zur Burgruine verschlossen. Nachdem sich Rouauld ausführlich umgesehen hat, ob nicht da oder dort noch ein verspätetes Picknick-Pärchen zu unliebsamen Zeugen werden könnte, beginnt sie, vermittels eines Spezialschlüssels, wie man ihn eher bei Einbrechern erwarten würde, das Drehtürchen zu manipulieren. Es braucht nicht lange, da schiebt sie es auf.

„Bitte schön."

Justus nickt anerkennend und quetscht sich hindurch. „Haben Sie das als Steuerprüferin gelernt?"

„I wo." Martine schüttelt den Kopf. „So was hat man im Blut oder lernt's nie."

Nicht ohne bange Empfindungen blickt der Seilschlepper zum Felsen empor. Die Mauerreste der gesprengten Burg stehen tiefdunkel gegen den türkisfarben glimmenden Himmel. Es ist absolut still. Nur ab und zu ist aus großer Ferne etwas wie ein Rauschen oder Zischen zu vernehmen. Mehrmals müssen die beiden unbequeme Umwege in Kauf nehmen, bevor sie am Eingang zur Kernburg eintreffen.

„Schön friedlich hier", bemerkt Justus. „Falls ich da unten dem armen Lennart begegne – er hat bestimmt Hunger."

„Die Schinken-Baguettes sind im Auto."

„Sie sind unbarmherzig."

„Das höre ich immer wieder."

Es dauert lange, bis sich Martine und Justus in dem Durcheinander von Mauerresten, Geröll und steil abfallenden Pfaden zurechtfinden. Immer wieder gleicht Martine auf der Karte ab, wo sie sich befinden. Den Lichtstrahl ihres Taschenlämpchens schützt sie mit der hohlen Hand. Justus starrt auf sein Handy und zuckt mit den Schultern.

„Sehen Sie, da drüben, das ist die Pferdeschwemme. Hier war der Wassergraben. Weiter unten befand sich das große Tretrad, um das Wasser heraufzuholen."

„Reden Sie bitte nicht so viel vom Wasser. Ich bin ein entschiedener Gegner des Ertrinkens."

„Seien Sie nicht undankbar. Falls das Seil nicht hält, sollten Sie sich über ein wenig Wasser am Grund des Brunnenschachts wohl freuen. Verdursten ist auch nicht gut."

„Ihre Art, mich aufzumuntern, erinnert mich an meine Mathematiklehrerin."

Ein stabiles Gitter liegt über dem Brunnenschacht. Justus steckt die Stabtaschenlampe hindurch.

„Igitt. Wie das stinkt ..."

„Hm. Das ist nicht tief genug. Die Frau Doktor hatte recht", bemerkt Martine. „Wir müssen es von der Seite versuchen, um schräg nach unten in den Brunnenschacht vorzudringen. Hier kommen wir nicht weit."

„Wir!" Justus schnaubt empört.

„Ja, natürlich wir. Was glauben Sie, was ich mir für Vorwürfe machen würde, im Falle Ihres Ablebens. Außerdem möchte ich nur ungern dieses ganze Kletterzeug zum Auto zurückschleppen."

„Zweiteres glaube ich Ihnen auf Anhieb."

Ein aufgesägtes Sperrgitter und zwei per Dietrich geöffnete Holztürchen später leuchtet Justus von Neuem in einen Tunnel hinein. Morsch und abgestanden müffelt es aus der Erde. Der Strahl der Lampe findet keinen Grund.

„Uh ... Gefällt Ihnen das jetzt besser?"

„Bei Weitem!" Martine zeigt Begeisterung. „Ich glaube, danach haben wir gesucht."

Liebersteins Argument, der Aufwand sei eigentlich viel zu groß, so weit weg vom Tatort nach dem Vermissten zu forschen, wird rasch entkräftet. Hätte er bloß nicht so angegeben, tags zuvor, mit seiner Zeit bei der Spezialeinheit. Martine hat das nicht vergessen, im Gegenteil. Wieder und wieder spornt sie ihn an, auf der Stelle ein paar Kostproben seiner in zahllosen Abenteuern trainierten Fertigkeiten zu geben. Dass die letzte Übung zwanzig Jahre her ist, hat Justus verschwiegen. – Während der Wagemutige zwei Seile auf beiden Seiten des Zugangs befestigt, erinnert ihn Rouauld an eine spannende Szene aus Mark Twains Tom Sawyer: als die bedauernswerten Kinder tagelang in einem Höhlensystem herumirren ... und dann doch irgendwo wieder zum Vorschein kommen.

„So etwas gibt es, mein Lieber. Und was glauben Sie, wie groß dann die Freude ist, wenn einem das rettende Licht entgegenkommt."

Bevor Justus ins Rabenschwarze niedersteigt, zögert er noch einmal. „Hier, das sollte wie ein Flaschenzug funktionieren. Wenn Sie mich daran hochziehen ... oder das, was von mir übrig ist ..."

„Keine Sorge. Jetzt machen Sie schon."

Justus überklettert das letzte Mäuerchen, das ihn noch von der Tiefe trennt. „Wirklich Blödsinn, so was zu machen. Ich hab' einen Schuss!"

„Vorhin, in diesem bescheuerten Outlet-Center, kamen Sie mir irgendwie tatendurstiger vor. Warten Sie, ich erzähle Ihnen eine Geschichte, während Sie sich da runterhangeln."

„Muss das sein? Wie wäre es mit einem Gebet?"

„Hab ich gestern Nacht gelesen, eine Überlieferung, hier, direkt von Schloss Fleckenstein. In so einem Reiseführer für Touristen. Es geht um den Brunnen. Eine großartige Ingenieursleistung für die damalige Zeit."

„Kein Zweifel. Achtung, halten Sie bitte gut fest."

„Ja, ja. Also, man war seinerzeit derart beeindruckt von diesem Tiefbrunnen, dass man recht bald zu der Ansicht gelangte, der Teufel selbst habe ihn gebaut. Der war damals unglaublich populär, wissen Sie? Auch bei Brücken und so weiter, immer griff man auf seine Einflussnahme zurück. Egal, der Herr von Fleckenstein jedenfalls konnte sein Glück nicht fassen: endlich frisches Wasser, tagaus, tagein – vollkommen unabhängig davon, ob vor dem Tore feindliches Gesindel lagerte oder nicht. Er ließ sich, wie man behauptet, in einem Korb in den Brunnen abseilen – also fast so wie Sie jetzt."

„Martine!"

„Doch nach einiger Zeit fühlt er eine gewisse Wärme unter seinem Hintern glimmen. Er blickt hinab ... und sieht die Flammen der Hölle aus der Tiefe emporzüngeln! Mitten im Feuer – eine Fratze. So schnell wie möglich ließ er sich wieder hinaufkurbeln, mit knapper Not, wie es immer heißt. Ein findiger Priester schlug vor, eine Ladung Weihwasser hinunterzukippen. Das funktionierte. Innerhalb kürzester Zeit war das Feuer aus und man konnte damit beginnen, frisches Quellwasser heraufzupumpen. Fabelhaft. – Justus, sind Sie noch da?"

In diesem Augenblick hört sie den Schrei. Abgründige Verzweiflung klingt daraus hervor. Im Echo nicht weniger. Schließlich ein unendlich fernes Plumpsen.

„Justus! Sind Sie tot?" Martine brüllt die Worte in den Brunnen, so laut sie kann.

Die Antwort kommt im Tonfall eines professionellen Klageweibs. „Nein. Aber mein Handy."

„Oh."

„Ich wollte gucken, ob hier Gänge verzeichnet sind."

„Das tut mir aber leid, Justus."

Minutenlang hört die Wartende nichts mehr. Endlich signalisiert ein Blinken von tief drunten, dass der Absteiger noch zugange ist.

„Wie schön, da sind Sie ja noch!", ruft sie erleichtert hinab.

„Nein, Martine. Ich bin weg. Ich hab einen Geheimgang entdeckt. Zum Gimbelhof rüber. Da sitz ich seit einer Stunde und trinke Crémant."

„Wie bitte? Man versteht Sie so schlecht."

„Crémant!"

„Ah, Crémant. Das wäre schön."

Noch ein letztes Mal vernimmt Martine die hohl hallende Stimme aus dem Schacht. Sie verrät Qual und Ekel: „Boah, das müffelt hier, als ob einer vor Wochen einen Münsterkäse hier reingeschmissen hätte ..."

„Dann ist er jetzt schön reif", entgegnet Martine. „Sagten Sie nicht, Sie hätten Hunger?"

In den nächsten Minuten steigert sich das Gefühl von Beklommenheit bei der Wächterin am Seilende abermals. Schleife um Schleife spult sich ab. Längst hat sie es aufgegeben, mündlich Kontakt zu halten. Martine muss warten – und das hasst sie. Schließlich, beinahe wäre sie in eine Art Trance gesunken, zuckt es zweimal am Seil. Das ist das Zeichen. Energisch fängt sie an zu kurbeln. Welche Nachricht mag der Mutige wohl vom Boden des Schachtes mitbringen? Ist er überhaupt ganz bis hinunter gelangt? Inzwischen ist es auch am Himmel vollkommen dunkel geworden. Kühle kommt vom Wald herübergeweht. Bis auf das Sirren des Seiles und die Kraxelgeräusche in der Schwärze des Schachts ist immer noch kein Laut zu vernehmen. Ab und zu schaut sie sich um. Unwahrscheinlich, aber nicht ausgeschlossen, dass dann und wann ein Nachtwächter seinen Rundgang macht.

„Und?"

„Zu."

„Wie: zu?"

„Eine Platte. Dicker Stein. Scheiße!" Justus Liebersteins von Strapazen gezeichnetes Antlitz schiebt sich über den Brunnenrand.

„Aber ... warum denn nur?“ Martine kann ihre Enttäuschung nicht verhehlen.

„Keine Ahnung. Eins wissen wir jetzt definitiv: Da unten geht's nicht weiter.“

„Wie schade.“ Martine seufzt leise. „Ich hätte es uns gegönnt.“

Justus schiebt ächzend seinen Fuß über die Einfassung: „Ich mir auch.“

Krappenfelsen II

Unterwegs zu Arlette begegnen Martine und Justus einem seltsamen Herrn mit Bürstenschnitt, klein gewachsen, gekleidet in eine ungewöhnliche College-Kombination aus kakifarbenen Bermudas und einem altmodischen Jackett mit aufgesetzten Taschen. Er nickt kurz, als sie an ihm vorbeigehen. Kaum ist er hinter einer Weißdornhecke verschwunden, müssen sie grinsen.

„Fehlt nur noch der Tropenhelm", kommentiert Justus.

Martine nickt. „Man könnte gelehrte Betrachtungen über die Ungleichzeitigkeit der Moden anstellen."

„Tun Sie sich keinen Zwang an."

„Vielen Dank, heute Morgen doch lieber nicht. Was sich für Figuren hier im Wald herumtreiben, nicht zu glauben ..."

„Sollen wir ihn uns mal vornehmen?"

„Nein, wozu? Ich fürchte, mit unserer ach so reizenden Gesprächspartnerin werden wir gleich genug zu tun haben."

Die Bäume biegen sich unter dem Honiggold des Septembermorgens, sogar der Krappenfelsen zeigt sich von seiner einnehmendsten Seite. Mit diesem festlichen Granatrot lässt er nichts erahnen von der Düsternis, die er in der Sekunde zu verbreiten vermag, kaum dass die erste Wolke über ihm auftaucht. Ganz entgegen seiner Gewohnheit muss Justus mehrmals bitten, das Tempo zu verlangsamen; bei der Brunnenbegehung gestern hat er sich mehr als einen Muskel gezerrt. Die Nacht war gestört von wüsten Träumen. Immerzu fühlte er etwas unter sich, das jederzeit zuschnappen konnte. Doch es schnappte nicht. Auch Martine hat schlecht geschlafen. Nicht Alpträume waren es, die ihr die Ruhe nahmen, sondern Selbstvorwürfe. „Wie dilettantisch!“, schimpfte sie im Stillen wieder und wieder vor sich hin. Allein aufgrund irgendwelcher halbseidener Überlieferungen und unvollständiger Karten so eine halsbrecherische Aktion zu wagen – welche Narrheit! Sie hätte Lieberstein davon abhalten müssen, unbedingt. Ja, Martine verspürt ein schlechtes Gewissen diesem Deutschen gegenüber. Hatte er ihr nicht gestanden, dass er von Zeit zu Zeit recht unbedacht und ... „überschießend“ in seinen Handlungen war? Kein Zweifel, sie beide waren keine Teamplayer. An eine derartige Dynamik nicht gewöhnt, ließen sie sich zur Torheit verleiten. Von nun an würde sie darauf achtgeben.

Von Weitem, noch bevor sie Arlettes Zelt erblicken, vernehmen sie laute Musik. Martine und Justus schauen sich fragend an. Nein, das sind keine Rhythmen, wie sie zur jüngeren Generation passen würden.

Lieberstein horcht erstaunt. „Kirchenmusik?“

„In der Tat.“ Auch Martine scheint überrascht. „Die junge Dame zeigt Geschmack. Wenn mich nicht alles täuscht, ist das Händel. Ja, hören Sie? Dixit Dominus ... Eine Art religiöser Kampfgesang. Merkwürdig.“

„So? Ich bin überwältigt von Ihrer umfassenden Bildung, Madame Martine.“ Justus deutet eine Verbeugung an.

„Quatsch. Hab’s im Schulchor gesungen. Lang her. Aber unvergesslich. Es ist ein aggressives, irgendwie modernes Stück. Wundervoll, wie der Alte das gemacht hat. Warten Sie, ich weiß es noch: ‚Der Herr sprach zu meinem Herrn: Setze dich zu meiner Rechten, bis ich dir deine Feinde als Schemel unter deine Füße lege.‘“

Justus lauscht. Tatsächlich – scharf, metallen brechen die Stakkati des Chores in die goldene Stille ein. Dixit, dixit, dixit Dominus Domino meo ... „Huh, und das am frühen Morgen. Wir sollten uns wappnen. Sonst liegen wir gleich mit unterm Schemel", grübelt er.

„Ich bestimmt nicht." Martines Erinnerungen an ihre musikalische Jugend scheinen verflogen.

Als die beiden auf die kleine Lichtung unterm Felsen treten, werden sie vom piepsigen Gebell der kleinen Hunde gemeldet. Sogleich erstirbt die Musik, offenbar eine Endlosschleife, denn nichts anderes als dieses „Dixit, dixit" war auf dem Weg zu hören. Ein schmaler, gebräunter Arm greift aus dem Zelt und patscht nach den Pinschern. Dann erscheint – sie. Unwillkürlich hält sich Justus an der Schulter seiner Begleiterin fest. Angewidert macht Martine sich los. Ihrer Art gemäß haut Arlette nach den Kläffern, dann küsst sie sie wieder, freilich ohne deren Aufgeregtheit bezähmen zu können. Das Gewinsel und Gejaule steigert sich zu einer Art Irrsinnsanfall ... bis sich Justus zu den Tierchen niederbeugt und sie zu streicheln beginnt.

„Na, na, gibt doch keinen Grund, Ihr kriegt ja noch einen Herzinfarkt, wenn Ihr so weitermacht ..."

Aufgedreht umspringen sie den Fremden, schlecken ihm die Hände, verstricken sich in den Leinen. Arlettes dunkle Locken fliegen wütend herum.

„Was soll das? Warum überfallen Sie uns?"

Justus versucht ein Lächeln. „Das war nicht unsere Absicht, ganz und gar nicht. Wir sind wegen Lennart hier. Guten Morgen, Mademoiselle."

„Ich hab Sie nicht herbestellt, okay?"

Rouauld verfolgt die Szene mit dem äußersten Missbehagen. Vor allem die legere, geradezu laszive Kleidung der Zeltbewohnerin bringt sie auf. Ein graues T-Shirt, nichts weiter. Eine Generation von Flittchen, geht es ihr durch den Kopf. Aber was tut ihr Kollege? Er grinst mit sich selbst um die Wette und fingert an den Hunden herum, bis er's endlich geschafft hat: Die Kleine lächelt ihn an – den Blödmann!

„Wir sind eigentlich nicht hergekommen, um mit schlecht erzogenen Kötern zu spielen". Einen Moment lang vergisst sie ihren Auftrag.

Arlette richtet sich auf. „Woher wollen Sie wissen, dass sie schlecht erzogen sind? Sie haben angeschlagen, als Sie hier eingedrungen sind. Das ist ihre Aufgabe, oder?" Wieder beugt sie sich zu den braunen Mischlingen herunter und knuddelt sie, sehr zu Liebersteins Freude.

„Mademoiselle ...", beginnt er von Neuem. Weiter kommt er nicht.

„Mademoiselle ist verboten. Gesetzlich verboten. Sagen Sie Arlette."

Martine ärgert sich, wie milde und servil ihr Mitstreiter auf Zeit die Belehrung aufnimmt.

„Sehr gerne. Arlette, könnten Sie einen Augenblick für uns erübrigen?"

„Kommt drauf an. Die Eltern von Lennart haben Sie geschickt, stimmt's?"

„Sie sind sehr intelligent. Das ist richtig. Sie können sich bestimmt vorstellen, welche Sorgen ..."

Ein grelles, bösartiges Gelächter unterbricht ihn. „Seine Eltern? Was wissen Sie von seinen Eltern? Die sind genauso wie meine, okay? Verbiesterte Pragmatiker. Trostlose Kapitalisten."

Mechanisch reibt Arlette die Ohren der Hunde, immer abwechselnd, so gerecht wie möglich.

„Immerhin", wagt Martine einen Vorstoß, „bezahlen sie uns, damit wir herausfinden, wo Lennart abgeblieben ist."

„Ja: bezahlen." Arlette blickt ihr direkt in die Augen. „Das ist die einzige Reaktion, zu der Sie fähig sind. Außer blödsinnigen Luxus zu konsumieren, selbstverständlich. Das können Sie natürlich noch besser."

„Darf ich mich setzen?", Martine deutet auf einen Steinquader neben dem Zelt.

„Was? – Ach so, ja, bitte. Möchten Sie Tee?"

Justus, den seit Jahrzehnten eine an Ekel grenzende Ablehnung schon bei der Erwähnung dieses Getränks befällt, nimmt begeistert an. Mit einer unerträglichen Zuckersüße in der Mimik lässt sich auch Martine herab. Es ist dies eine rein professionell begründete Handlung: In komplizierten Gesprächssituationen Versöhnlichkeitsgaben abzulehnen, ist immer kontraproduktiv.

„Wenn Sie so freundlich sein wollen?"

Während der folgenden Prozedur, die von umständlichem Hantieren mit einem Gaskocher, ineinander verschlungenen Teebeuteln und einem viel zu großen Topf geprägt ist, versucht Martine mehrmals, Justus mit den Augen zurechtzuweisen: Es gehört sich nicht, schlimmer, es hat etwas Entwürdigendes, wenn ein dem Alter zustrebender Mann ein junges Mädchen, dem Scham und Sitte so fremd sind wie einem Kannibalen Tischmanieren, so unverwandt anstiert. Als Justus den strengen Blick bemerkt, hebt er die Schultern, Unschuld vortäuschend, ganz der liederliche Knabe, der er einmal gewesen sein muss. Auf Martines Vorschlag, ob sich die junge Gastgeberin nicht „etwas anziehen" wolle, erklärt sie, es sei ihr „Büßerhemdchen", das sie jetzt immer trage – mehr sei nicht nötig. Justus atmet erleichtert auf, Martine grunzt durch die Nase. Endlich sind drei blecherne Campingtassen mit einer lauwarmen Brühe befüllt, deren einzige Geschmacksrichtung Bitterkeit ist. Ohne daran auch nur zu nippen, stellt Martine das weiße Tässchen mit dem blauen Rand neben sich auf den Stein. Justus, der wie ein Teenager mitten auf der Wiese Platz genommen hat, beriecht das Gebräu, als wäre es ein hundert Jahre alter Madeira.

„Danke, vielen Dank. Wundervoll!"

„Übrigens müssen Sie sich keine Gedanken machen." Im Schneidersitz nimmt Arlette vor dem Zelteingang Platz. Die Hunde springen ihr auf den Schoß. „Ich stehe in permanentem Kontakt zu Lennart. Es geht ihm nicht so schlecht."

Martine und Justus wechseln kritische Blicke.

„Wenn ich fragen darf", bemüht sich Martine um Neutralität im Ausdruck, „auf welche Weise gestaltet sich denn dieser ... Kontakt?"

„Das würden Sie nicht verstehen."

„Ist Lennart von der Aue – wovon die Polizei ausgeht – denn nicht abgehauen?"

„Würde ich dann hier noch rumhängen? – Natürlich nicht. Er ist ganz in der Nähe. Hier, im Fels." Arlette schlürft Tee, blickt unter sich, als hätte sie etwas sehr Natürliches, jedermann Einsichtiges geäußert.

„Im Felsen, ja?" Wieder lächelt Justus. „Und wie darf man sich das vorstellen?"

„Sie wissen nichts von Lennart, hm?" Arlette schaut zwischen den Besuchern hin und her.

„Wenig, ganz wenig nur." Justus' Blick wetteifert mit dem der Hündchen um den Niedlichkeitspokal. „Aber wenn Sie uns ein bisschen erzählen möchten, das wäre, also das wäre wirklich ..."

„Warum nicht. Ich finde Sie nett. Sie sehen noch ganz gut aus, finde ich, für Ihr Alter", meint sie zu Justus. Martine stößt grimmig Luft durch die Nase aus.

„Sie nicht!", fährt Arlette herum.

Es bedarf der versammelten Kontrollenergie ein Leben lang erprobter Verzichtsleistungen, um diesem unverschämten Etwas nicht einen Absatz ins Füßchen zu bohren. Stattdessen blickt Martine hoch zu einem aufregend grünen Baum und wippt mit dem Knie.

„Lennart ist nicht irgendwer, verstehen Sie? Schon am ersten Abend, als wir in Strasbourg dieses Vortreffen hatten, ist er mir aufgefallen. Er war der Einzige, der nicht mit mir tanzen gehen wollte oder so."

„Hatte er denn gar keinen Geschmack?", versucht Justus zu lachen.

Arlette übergeht den Kommentar. „Lennart ist diskret. Der einzige Gentleman, den ich in letzter Zeit kennengelernt hab. Er hat sein Triebleben unter Kontrolle, wenn Sie verstehen, was ich meine. Das ist gut. Dieses Vortreffen war im Juni. Lennart ist alleine die Straße runtergegangen, in eine andere Richtung als die andern. Da bin ich ihm nachgegangen. Er war erschrocken, hatte ich den Eindruck. – Ich erzähle Ihnen das nur, damit Sie sich ein Bild von ihm machen können", wendet sich Arlette an Martine.

„Selbstverständlich."

„Ich hab ihn gefragt, ob wir was trinken wollen. Ich habe gefragt, nicht er, verstehen Sie. Der Junge hat so sensibel ausgesehen ... aber nicht weichlich, klar? Er hat gesagt, in Strasbourg kennt er nur ein Lokal, da sitze er ganz oft. Es heißt

‚Taverne du Quai'", kennen Sie sowieso nicht. Es liegt wirklich wunderschön am Fluss. Flammkuchen gibt es, wenn der Wirt Lust hat. Aber dann sind sie unvergleichlich. Nichts für Touristen, verstehen Sie? Die Leute sind ein bisschen chaotisch, aber wahnsinnig lieb. Normalerweise, wenn ich mit einem ausgehe, gibt es ein Gerangel zwischen dem Typen und dem Kellner, der mich anmacht oder so. Lennart hat so souverän reagiert, das fand ich unglaublich. Er hat uns Bier bestellt, von so einer Abtei. Es ist ganz braun. Wir haben vier Stück davon getrunken, glaub ich, also jeder. Dazwischen gab es Kaffee. Das war gut. Ich hab geraucht. Er nicht. Ich hab fast gar nichts gesagt. Nur eine einzige Frage hab ich ihm gestellt: Wer bist du? Ich dachte erst nicht, dass er mir eine Antwort gibt. Und dann hat er ein paar Stunden lang geredet. Kennen Sie Tauler?"

„Was? Wen?" Lieberstein ist nicht gleich im Bilde.

„Den Mystiker?", fragt Martine, ohne die Miene zu verziehen.

„Lennart sagt, Johannes Tauler ist überhaupt der Grund, warum er nach Strasbourg gekommen ist."

„Studieren Sie denn Theologie?", erkundigt sich Martine.

„Theologie? Auch, ja. Manchmal. Lennart sagt, man darf sich nicht den Curricula unterwerfen, dann hat man schon verloren. Wer es wert ist zu studieren, stellt sich sein Studium selbst zusammen, verstehen Sie? Tauler kam ja aus Strasbourg. Ist da geboren. Und gestorben. Die Stadt, sagt Lennart, atmet seinen Geist. Das ist wahr. Er war für die Beginen da, als Prediger und als Tröster. Das waren fromme, selbstständige Nonnen, sehr spirituell, sehr mystisch. Deswegen wurden sie auch verfolgt. Außer seinen Predigten ist fast gar nichts von ihm überliefert, schade. Und dieses Weihnachtslied, das kennt man auch in Deutschland, oder? Es kommt ein Schiff geladen ... Was wir von ihm kennen, ist so klug, so einsichtsvoll, dass bis heute nichts Besseres geschrieben wurde."

„Ist das Ihre Ansicht oder die von Lennart?" Martines Frage bleibt unbeantwortet.

Stattdessen versucht es Justus: „Was lehrt er denn so Faszinierendes, dieser Tauler?"

„Wissent wenne die pflagen kumment, so enmag niemand genesen, danne die diz cruz uf in habent ..."

„Oh, würden Sie's auf Französisch versuchen?" Martine rollt die Augen.

„Aber nein, das klingt doch ungeheuer ..." – süß, wollte Justus sagen, räuspert sich aber und verschluckt das Wort. Dennoch, er betrachtet das Mädchen mit unverhohlener Hingerissenheit.

„Von mir aus." Arlette denkt nach. „Wir hören uns immer ab, Lennart und ich. Er sagt, nur im Original versteht man's ganz. Die Stelle heißt ungefähr: ‚Merkt euch, wenn die Plagen kommen, wird niemand sich retten können, außer denen, die das Kreuz auf sich tragen. Als unser Herr dem Engel erlaubte zuzuschlagen und alles, was auf der Erde war, zu vernichten, da sprach er: Du sollst keinen verschonen außer jenen, die das Tau auf der Stirn tragen.'"

„Dunkel. Sehr dunkel." Justus nickt schwer.

„Überhaupt nicht. Zu Taulers Zeit war die Pest in Strasbourg."

„Sind Sie religiös, Arlette? Fürchten Sie die Apokalypse?" In Martines Augen zeigt sich Skepsis, vermischt mit Sarkasmus.

„Vielleicht." Arlette hält dem Blick stand, bis Martine wegschaut. „Jedenfalls anders, als Sie sich das vorstellen. Seit diesem Abend, wollte ich eigentlich erzählen, bevor Sie mich unterbrochen haben, sind Lennart und ich zusammen. Er ist der extremste Mensch, den ich je kennengelernt hab. Das ist gut."

„Darum die Klettertour?" Justus bemüht sich, ausgesprochen verständnisvoll dreinzublicken.

„Vielleicht. Verstehen Sie, er hat das nie zuvor gemacht! Er wollte nur sehen, ob er den Felsen mit seinem Willen besiegen kann. Falsch, nicht mit seinem Willen: mit seiner Liebe."

„Ist das auch von Tauler?", fragt Justus aufs Geratewohl.

„Eigentlich schon. Doch, ja, wahrscheinlich. Lennart macht immer so Sachen. Er experimentiert immer, sagt er. Das ganze Leben. Lennart ist wahnsinnig spirituell."

„Ja, so hört sich das an." Aus Martines Gesicht ist nicht zu entnehmen, wie zynisch auch dieser Kommentar gemeint war. Diese studentische Phase, der ganze Selbstverwirklichungskram geht ihr schon immer auf die Nerven. „Ist das nicht alles unglaublich kompliziert, diese Materie?"

„Sie meinen, für so eine kleine, dumme Tussi wie mich?"

„Ich bitte Sie."

„Das denken doch alle. Aber es sagt nichts über mich aus, sondern über die Leute. Tauler sagt, die Einfachen, die Ungebildeten sind im Vorteil, wenn es um die Erkenntnis der Schönheit Gottes geht. Und um die Selbsterkenntnis ‚... und aller kunsten richen meistere zu Paris mit alle ihre behendigkeit ...' Ach so, ich soll ja nicht im Original."

Lieberstein ist enttäuscht. „Doch! Von mir aus gerne!"

„Tauler sagt, dass nicht die scharfsinnigsten Meister der Pariser Theologenschule, ja nicht einmal die Engel und die Heiligen an die Gotteserfahrung eines schlichten, ungelehrten Menschen heranreichen. Das ist gut. Die Leute sind so banal, ich halte das nicht aus. Wie kann man sein Leben so blödsinnig zubringen, so ganz ohne Hoffnung? Die meisten sind in der Seele vertrocknet, finden Sie nicht? Fast alle, wissen Sie? Es gibt doch diese Bibelstelle: Wen da dürstet, der komme zu mir und trinke! Aber was ist damit gemeint? Tauler sagt: Nichts anderes, als wenn der Heilige Geist in die Seele kommt und da ein Liebesfeuer entfacht, eine Liebeskohle, woraus ein Liebesbrand entsteht in der Seele. Die menschliche Seele will zu Gott, unbedingt, weil sie ihn so sehr liebt. Aber das geht nicht von alleine, nein! Gott lässt sie hetzen von den Versuchungen, die dazu nötig sind, von den kleinen und den großen Hunden, damit sie sich reinige. Und das ist hart, sehr hart ..." Arlette hat sich in Rage geredet, ihre Fäuste geballt und auf ihre Schenkel eingeschlagen. Dann blickt sie sich um, als komme sie eben vor einer Reise zurück.

„Was für Hunde?", fragt Martine obenhin. Sie hat genug von diesem mystischen Gefasel.

Aber Arlette lässt sich nicht stören: „Erst wenn die Seele den richtigen, den großen Durst hat nach Gottes Quellwasser, dann lassen die Hunde sie in Ruhe. Der Mensch ziehe so viel in sich ein, sagt Tauler, mit allem vollem Munde, dass er ganz trunken und Gottes so voll wird, dass er in Wonne und in Fülle sich selbst vergisst ... Dann kann er unverletzt durch Feuer gehen, über spitze Schwerter und durch Wasser, er fürchtet weder Leben noch Tod, weder Liebe noch Leid."

„Das ist ja alles sehr ... rauschhaft." Martine macht ihren spitzen Mund. „Wollen Sie uns nicht sagen, mein Kind, was es mit diesen Hunden auf sich hat? Haben Sie deswegen die beiden Kläffer bei sich, ja? Oder ist das nur symbolisch?"

„Beides. – Sagen Sie nicht Kläffer. Lennart meint, die Hündchen sollen uns immer daran erinnern, dass wir nicht schwach werden dürfen. Dass wir uns nicht gemeinmachen, nicht verbürgerlichen – so wie Sie. Die großen Hunde, das sind natürlich die Laster. Die kennen Sie ja, nicht wahr, die berühmten Sünden? Habgier, Trägheit, Hochmut, Unkeuschheit und das ganze Zeug. Die kann man ja vermeiden, wenn man ein bisschen aufpasst, okay? Aber die kleinen, die sind gefährlich; die verderben einem das Leben und die Seele, ohne dass man's merkt. Das sind die falschen Dinge, die sich in den Alltag einnisten ... und schon sind wir verloren. Ja, verloren, für immer!"

Justus verfolgt das Schauspiel wie die Darbietung einer bedeutenden Tragödin. Martine lässt ihn nicht zu Wort kommen. „Und was sind das für Dinge, Mademoiselle?"

„Ich sag's Ihnen nicht gerne. Das macht nämlich Arbeit, geistige Arbeit, darauf zu kommen. Das muss man selber schaffen, verstehen Sie. Zum Beispiel die Liebenswürdigkeit ist so ein kleiner Hund."

„Liebenswürdigkeit – was ..." Justus will Einspruch einlegen.

„Nun, da sind Sie ja auf dem allerbesten Wege", murmelt Martine.

„Oder Ablenkung. Gesellschaft. Firlefanz. Das sollte man meiden. Auch Sie!"

„Ich will mir Mühe geben." Martine betrachtet den Tee in ihrer Tasse.

„Und wenn man das geschafft hat, das alles zu überwinden, ja ... und sich und Gott treu zu bleiben, dann ist nur noch Jubel da. Die große Verschmelzung. Dann stürzt sich der geschaffene Abgrund des Menschen in den ungeschaffenen Abgrund Gottes und ... und ... und dann ist da nur noch Liebe." Arlette starrt ins Leere. Sie atmet heftig.

Um irgendetwas zu sagen, flüstert Justus: „Glauben Sie, Arlette, dass so etwas mit ... mit Ihrem Lennart passiert sein könnte?“

„Vielleicht. Glaub schon. Ich ... bin aber noch nicht so weit. Ich will ihn doch wiederhaben, verstehen Sie? Ich kann nicht ohne ihn. Ich bin nichts ohne ihn. Ich bin ganz allein!“ Mit Daumen und Zeigefingern versucht die junge Frau, ihre Tränen in die Augen zurückzupressen. Es misslingt.

Nach einer Weile, da Martine verlegen an ihrer Tasse herumgespielt hat, erkundigt sie sich, mit so viel Wärme, wie ihre Stimme hergibt. „Mein liebes Kind, wovon leben Sie hier draußen denn eigentlich? Das ist doch alles sehr karg und ...“

„Sagen Sie nicht Kind.“ Arlette zittert. Sie verbirgt ihr Gesicht in der Armbeuge. Spricht nach unten, zur Erde. „Die Leute vom Gimbelhof bringen mir was.“

„Das ist aber freundlich von denen“, schaltet sich Justus ein. „Können wir denn auch was für Sie tun?“

Arlette zuckt mit den Schultern. Dann fällt ihr etwas ein: „Batterien.“

„Bitte?“

„Batterien. Für meinen CD-Spieler. Der leiert.“

Die sonderbare Unterhaltung dauert nicht mehr lange. Erschöpft ersucht Arlette ihre Gäste, sie zu verlassen. Sie sei müde, furchtbar müde. Martine kommt das plötzliche Ende des Gesprächs zupass. Sie hat keine Fragen mehr an diese Hobby-Ekstatikerin. Energisch zieht sie Justus mit sich fort, der Arlette noch mehrmals versichert, ihr gerne, sehr gerne helfen zu wollen – mit Hundefutter, Rotwein, Zigaretten ... Doch das Mädchen antwortet nicht mehr. Sie schließt die Augen und legt sich zu ihren Hunden, neuen Visionen preisgegeben.

Bis zu der ausgedehnten Viehweide, die sich zwischen dem Gimbelhof und dem Wald ausbreitet, reden die Privatermittler kein Wort.

Schließlich faucht Martine ihren Begleiter an: „Jetzt grinsen Sie nicht so beseelt! Das ist ja nicht zum Aushalten! Diese Halbwüchsige braucht eine Therapie, keine Bewunderung."

Justus lässt sich nicht beeinträchtigen in seiner Hochgestimmtheit. „Vielleicht", wiegt er das Haupt, „vielleicht ist sie wirklich eine Heilige ..."

„Jetzt hören Sie aber auf! Sie haben sie wohl nicht alle!" Unwirsch greift Martine nach seinem Arm und dreht den Mann zu sich um. „Die Kleine spielt Eremitin, weil ihr die Rolle gerade Spaß macht, sonst gar nichts! Merken Sie das nicht? Oh diese Männer! Wäre sie nur halb so hübsch, hätten Sie vermutlich vorgeschlagen, das Mädchen sofort in die Psychiatrie einzuweisen."

„Das eine schließt das andere ja nicht aus. Außerdem, warum reagieren Sie so garstig? Immerhin mal ein junger Mensch, der sich für mehr interessiert als für Geld und puren Hedonismus. Das ist sehr, sehr selten geworden, heutzutage."

„Das Einzige, wofür sich dieses verquere Ding interessiert, ist seine eigene Wirkung. Selbstdarstellung um jeden Preis!"

„Für heute gestatte ich mir", grinst Justus, „an Höheres zu glauben."

Martine keucht. „Aber nur für heute. Abgemacht?"

„Abgemacht."

„Und Sie fahren nicht nach Lembach runter und kaufen Batterien. Versprochen?"

Mit dem Ausdruck sittlicher Empörung schaut Justus auf und legt die rechte Hand aufs Herz. „Wie kommen Sie denn darauf? Nie und nimmer!"

Distillerie Hoeffler

Die Hand nimmt den Schreibblock entgegen. Dann den Bleistift. Sie reißt ihn der anderen Hand weg. Sie setzt den Bleistift aufs Papier, zögert und schreibt:

Langsam, knirschend schiebt sich der Konvoi voran, drei aus der Finsternis geschnittene Blöcke, oben seltsam gerundet, auf Reifen lastend, übermannshoch, deren Profil handtief in den gehärteten Kautschuk hineinragt. Dieses malmende Vorwärts, angetrieben von dumpf brummenden Dieselmotoren, kennt kein Hindernis, es sei denn Schlamm und Morast. Schreckliche Geschichten werden erzählt, aus Kriegszeiten; was sich nicht alles in einem solchen Reifen verfing, mitgeschleift wurde, bis es zur Unkenntlichkeit zerquetscht, mit jeder Umdrehung von Neuem vorgezeigt als das wahre Angesicht des Todes, der einem jeden, der hier mitlief, zugedacht war. Ein Deserteur der Vogesenschlacht am Hartmannsweilerkopf berichtet davon, dass ihn das wiederholte Erscheinen des Gesichts eines Kameraden am Reifen eines Militärlasters so aus der Fassung gebracht habe, dass er schreiend wie ein Baby davongestürmt sei, ungeachtet der Geschosse von beiden Seiten. Denn dies galt es ja zu vermeiden, unter allen Umständen, dass einem auffiel, an welchem unsinnigen Graus er da beteiligt war.

Der Deserteur – sein Name könnte in den Meldelisten beider Seiten gestanden haben – schildert eindringlich, dass er sich während seiner Flucht nicht mehr entsinnen konnte, auf wessen Geheiß er eigentlich dorthin geraten war, deutlicher noch, es stand ihm vor Augen, dass wer auch immer dergleichen seinen Untertanen zumute, aus dem Gedächtnis der Nachwelt gestrichen oder aber als Fanal der Bitterkeit bewahrt gehöre.

Mit dem Ende der Weltkriege hörten die nächtlichen Transporte durch diese Wälder keineswegs auf. Ausgedehnte Gebiete wurden und werden zu militärischen Zwecken abgeschirmt. Zur Zeit des Wettrüstens zwischen den Weltmächten schoben sich Raketen von bis dahin unvorstellbarer Länge und Zerstörungskraft, wiederum in geheimer Absicht, im Rücken und gegen den Willen der Bevölkerung durch die geschützten Täler, bis sie an der Abschussbasis anlangten.

Es scheint, als habe sich die Einstellung der Herrschenden gegenüber den Idioten, die den Betrug auch noch mit ihren Steuern finanzieren, zu keiner Zeit verändert; noch immer zockeln von Zeit zu Zeit, über Passstraßen und auf Schienen, Container voller gefährlicher Materialien – immer noch und immer wieder des Nachts: ein erbärmlicher Zynismus, der auf die Dummheit baut, auf die Trägheit der Betrogenen. Tatsächlich interessiert sich kaum einer für all dies Hintenherum und Am-Rande-Vorbei; das vordringliche Ziel der Waldbesucher bleibt es, in Ruhe zu genießen, was ihnen übrig blieb, was ihnen zugewiesen wurde.

Freilich, es sind kluge Köpfe, die sich die Routen ausdenken, auf denen das Gefahrengut transportiert werden soll, es sind findige Psychologen, die sich jede naive Hoffnung auf Friedfertigkeit zunutze machen. Selbst in unseren Zeiten sucht man sich die Schlauesten und Willfährigen nicht selten schon in den Abiturklassen, spätestens aber an den Universitäten aus. Gedrillt auf einen perfiden Gehorsam, der ihnen Entscheidungsgewalt suggeriert, werden sie zu den geschickten Handlangern, den Kapos der Staaten, die längst zu Oligarchien verkommen sind.

Mit Recht bauen diese gewieften Entwickler der Umgehungsstrategien darauf, dass niemand, so gut wie niemand Empörung empfindet, niemand „Skandal!" schreit angesichts der Tatsache, dass ihm, dem Staatsbürger, verheimlicht wird, was jederzeit allen offenliegen müsste. Worüber man befinden, abstimmen sollte.

Die drei Transporter nähern sich ihrem Ziel. Sie schicken Vibrationen ins Erdreich, hinunter in den Stein, wo sie lange nachbeben.

„Sie ist weg!"

„Was?"

„Die Hunde auch."

„Das kann nicht sein."

Es ist das erste Mal, dass Martine Rouauld in ihrem Appartement in der Mühle zu den sieben Quellen Besuch erhält. Als es klopft, rasch fünfmal hintereinander, zieht sie hektisch ein Strickwestchen über, kontrolliert, ob das Fenster geöffnet ist, blickt in den Spiegel, betupft sich die Wangen. Wieder klopft es, diesmal noch fordernder.

„Ich komme ja! Eine Sekunde!"

Justus Lieberstein scheint augenblicklich keinen Sinn für Äußerlichkeiten zu haben. Er wirkt fassungslos.

„Justus, woher wissen Sie das?"

„Die ... Batterien ..."

Martine verzieht das Gesicht, flucht etwas in einem Dialekt, den der frankophone Rheinländer nicht versteht. Es dürfte sich um etwas reichlich Ordinäres gehandelt haben. Selbstverständlich hatte der Charmeur nicht nur Batterien dabei, als er sich zwei Stunden zuvor zum Krappenfelsen aufmachte; in seinem Gepäck befanden sich überdies ein paar

Schachteln Gitanes, ein Baguette, einige ausgesucht feine Käschen, ein kleiner Block Foie gras und zwei Flaschen Pinot Gris. Jawohl, ein Picknick sollte das geben – und was für eins. Wenn möglich ein zärtliches. Miese, durchschaubare Taktik? Aber gewiss. Nach diesem berauschenden Gespräch am Morgen war er wie von Sinnen. Er hatte es sehr eilig, Martine loszuwerden. Bevor Justus zum Zelt hinüberschlenderte, jeder Zoll ein Casanova alter Schule, machte er sich im Gimbelhof frisch. Rasierte sich gründlich. Befeuchtete Wangen und Achseln mit einem in zahlreichen Vergleichsfällen erprobten Deodorant. Frisierte seinen Scheitel. Und dann das.

„Arlette?", rief er. „Arlette, schlafen Sie noch? Arlette Choquet? Hallo?"

Als er die Zeltplane anhob, schlug sein Herz wie bei einer lebensgefährlichen Unternehmung. Im Innern der schwankenden Behausung sah es wüst aus. Leere Plastikflaschen, Hundefutterpackungen, Dosen, Tüten, Wäsche. Und ein kleiner Rucksack mit dem Pandabären daran. Das war der Hinweis: Wäre sie einfach auf und davon, wie es die meisten auch von Lennart vermuteten, so hätte sie sicherlich ihre intimen Dinge mitgenommen. Über eine Stunde lang pendelte Justus zwischen Felsen und Zelt und Gimbelhof und dem Fleckenstein hin und her – kein Hinweis, nichts. Niemand hatte die Frau im grauen Büßerhemdchen gesehen. Das Telefongespräch mit dem diensthabenden Polizeibeamten verlief unbefriedigend. Entführung, Gewaltverbrechen, Mord schloss der müde Polizist sogleich aus.

„Sie wird halt genug gehabt haben vom Camping und ist nach Hause gefahren."

„Ich habe Ihnen doch gesagt, dass sie all ihre persönlichen Sachen zurückgelassen hat!"

„Dann befindet sie sich eben auf einem Waldspaziergang. Junge Leute sind romantisch, wissen Sie?"

Martine muss sich überwinden. Am meisten ärgert sie, wie sehr sie sich echauffiert über Liebersteins Versuch, ein Rendezvous mit der Kleinen zu erzwingen. Als sie endlich ihre Contenance zurückgewinnt, liegen die nächsten Schritte klar vor ihr.

„Ihr Kletterzeug ist noch im Auto, Justus. Sie dürfen noch mal ran."

Wie peinlich ist ihm das alles auf einmal. Justus kommt sich vor wie ein gealterter Schwerenöter, der in aller Öffentlichkeit abgewiesen wurde. Die Enttäuschung nagt an ihm. Denn Arlette, dessen ist er sich gewiss, hätte sich ihm hingegeben, nach dem Wein; die Stimmung war eindeutig. Schweigend trottet er Martine hinterher. Während der Fahrt nimmt er sämtliche Anweisungen folgsam entgegen. Millimeter für Millimeter soll er die Stelle am Felsen absuchen, die der Fotograf im Bild festgehalten hat: zuerst mit, dann plötzlich ohne Kletterer. Jedes Detail, beharrt Martine, soll akribisch abgetastet, alle Auffälligkeiten im Gedächtnis protokolliert werden. Nur bei der Klettertechnik zeigt sich Rouauld überfragt: Ob man sich von oben oder von unten abseilt, das war ihr immer schleierhaft.

„Ist völlig egal", murrt Lieberstein.

„Aber ... normalerweise wird doch von unten gesichert, nicht?"

„Normalerweise? Sie glauben gar nicht, von wo wir uns damals beim KSK überall abgeseilt haben. Ich bin ja kein Hobbysportler."

„Sicher, Monsieur. Wie lange, sagten Sie, ist Ihre aktive Zeit her?"

„Gestern ist sie zu Ende gegangen. Nein, heute."

Martine schmunzelt vor sich hin. Manchmal könnte man fast Mitleid bekommen mit diesen neolithischen Triebopfern. Aber nur fast.

Erst als er sich vom Boden aus, langsam wie ein betäubtes Insekt, nach oben bewegt, die Sportschuhe unsicher auf metallene Haken setzend, die Hände nach Unebenheiten suchend, ängstlich ausgreifend von Stein zu Stein, spürt Justus Lieberstein diese Zerrung wieder, die er sich beim Heraussteigen aus dem Fleckensteiner Brunnenschacht geholt hat. Bis eben hatte er nicht mehr daran gedacht; am Morgen war der heiße Strahl der Dusche auf die Stelle am Nacken massierend herabgeprasselt – von da an schien es besser zu gehen. Auch beim Klettern hielt er's zunächst nur für ein unbedeutendes Hindernis. Doch als er zum zweiten Mal abrutscht und nachgreifen muss, ächzt er laut auf, von jähem Schmerz durchzuckt. Justus stellt fest, dass er seinen Kopf kaum mehr drehen kann.

„Ist alles in Ordnung dort droben in schwindelnder Höh'?"

Noch immer bleibt Martine Rouauld, die das Sicherungsseil, das sie rings um ihre Hüfte gelegt hat, in beiden Händen hält, dem spöttischen Ton treu, den sie für den Umgang mit einem Mistkerl, der Situationen der Wehrlosigkeit bei jungen Mädchen skrupellos ausnutzt, für angemessen hält. Tatsächlich ist Justus noch keine drei Meter hinaufgekraxelt. Martine beobachtet, dass die Beine des Wehlaute ausstoßenden Mannes zu schlackern beginnen, die Füße auf der Suche nach festem Halt immer wieder ins Leere tappen. Was Justus selbst bei der Aktion mit Ingrimm bemerkt, ist sein Gewicht. Ja, durchaus, ganz gut hat er sich gehalten – verglichen mit anderen. Im

Vergleich zu seinen besten Zeiten aber, da er das Felslein hier wie ein Pavian hinaufgeklommen wäre, dürfte er allerdings um gut fünfzehn Kilogramm zugelegt haben. Auch die Arme, durch Freizeitsport leidlich in Form gehalten, verfügen nicht mehr über diesen Zugriff, diese Kompromisslosigkeit. Und dann die verdammte Zerrung ...

Noch einmal meldet sich Martine von unten. „Und Sie sind sich ganz sicher, dass Sie das Seil durch sämtliche Haken und Ösen und so weiter richtig eingefädelt haben, ja?"

„Ehrlich gesagt, nein. Es ist einfach zu lange her. – Aua."

In demselben Augenblick bröckelt unter Liebersteins Füßen ein Steinchen ab und schlägt neben Martine auf.

„War das Absicht, mein Herr?"

„Nein, nur Rache."

Von nun an unterlässt die Frau am Boden, deren an diesem Tag weinrotes Kostüm zu der sportlichen Unternehmung nicht recht passen will, ironische Kommentare; eine Verletzung Liebersteins zu diesem Zeitpunkt wäre absolut kontraproduktiv ... obwohl er's verdient hätte, gar keine Frage.

Justus versucht, seine verflixte Unsicherheit durch erhöhte Konzentrationsleistung zu kompensieren. Er verlangsamt das Tempo, setzt Füße und Hände nur um, wenn dies nicht mit dem geringsten Risiko verbunden ist. Wer weiß, ob die dürre Dame am Fuß des Krappenfelsens einen Sturz wirklich abfangen könnte ... und ob seine doch wohl eher semiprofessionelle Vertäuung im Zweifelsfall hielte. Immerhin, auf diese behutsame, doch stetige Weise kommt der Kletterer einigermaßen voran. Bald hat er acht, neun Meter leeren Raumes unter sich. Der Pfad aus Kletterhaken, die vorzeiten ein Mutiger ins Gestein getrieben hat, scheint sinnvoll und durchdacht. Schneller als erwartet gelangt Justus in die besagte Zone.

„Halt!", ruft Martine, die immer wieder den Anblick des Felsens mit der Fotografie vergleicht. „Die Höhe ist gut. Sie müssen jetzt nach links."

„Geht nicht."

„Warum geht das nicht?"

„Weil da keine Haken mehr sind."

Nachdrücklich weist Martine den Kletterer darauf hin, dass sogar sein junger, unerfahrener Landsmann ganz und gar ohne diese läppischen Sicherheitsvorkehrungen für „Hobbysportler" ausgekommen sei. Genau genommen sehe der Krappenfelsen – von unten – beinahe aus wie eine Treppe, auf der man bequem emporsteigen könne.

Justus kommentiert den Einwand nicht. Er jault vielmehr vor Pein, als er den Kopf zur Seite wendet. Vorsichtig wagt er den ersten Griff nach links. Tatsächlich, der Stein gibt nicht nach; die Finger greifen in eine Lücke. Auch der linke Fuß findet einen winzigen Vorsprung, worauf er einigermaßen sicher zu stehen kommt. Noch langsamer als zuvor bewegt sich Lieberstein möglichst auf gleicher Höhe in die angewiesene Richtung. Seine hoffnungsvolle, in immer kürzeren Abständen gestellte Frage, ob er denn allmählich weit genug vorgerückt sei, verneint Martine mit einem kühlen „Noch lange nicht". Unter scheußlichen Schmerzen blickt Justus zu dem letzten Haken hinüber, in dem er das Seil verankert hat. Wenn er jetzt abgleitet, wird er mit dem Hinterkopf gegen einen scharfkantigen Vorsprung stoßen – im günstigsten Fall. Als er schon nicht mehr damit rechnet, tönt ein militärisches „Stop!" von unten herauf.

„Jetzt kommt's drauf an. Untersuchen Sie jeden Quadratmillimeter."

„Aye, aye, Sir."

Unter Normalbedingungen, ohne Nackenversteifung, wäre es ein Leichtes, den bewussten Flecken nach Auffälligkeiten abzutasten. So aber ist Justus vollauf damit beschäftigt, nicht abzurutschen, Zentimeter um Zentimeter der rissigen Wand zu befühlen – ohne jedes Ergebnis. Schon beginnt er zu erwägen, ob man dieses Himmelfahrtskommando, das zweite binnen kürzester Zeit, nicht endlich abbrechen sollte, da wird ihm mit einem Mal sonderbar zumute.

Kann das sein?

Ist so etwas möglich? Es klingt – nein, es weht ihn an, als ob er ... von ferne ... von irgendwoher ... ein Fiepen, ein Geheul vernehme. Spielt ihm sein strapaziertes Hirn einen Streich? Fest presst er das Ohr an den Stein. Lauscht angespannt. In der Tat, jetzt kommt es ihm vor, als belle da etwas: mitten im Felsen. Er verharrt regungslos.

„Was ist denn?", meldet sich Martine. „Haben Sie was entdeckt?"

Da unterläuft Justus der Fehler. Mit jeder Faser konzentriert auf diese unglaublichen Geräusche aus der Mitte des Gesteins, löst sich seine Rechte für einen Augenblick, um Martine abzuwinken: Sie soll still sein, um Gottes Willen! Doch die winzige Bewegung bringt ihn aus dem Gleichgewicht; sogleich verlieren die Füße den Halt. Mit dem Kinn schlägt er an den rauen, scharfkantigen Fels, auch die zweite Hand rutscht ab. Hinterrücks saust er ins Leere. Wie von einem Tonnengewicht schräg nach unten weggerissen, fällt sein Körper von der Wand ab. Es ist ein knapper Schrei, mehr überrascht als angstvoll. Nichts bremst den Sturz, die Sicherung hat versagt, Justus stürzt mit rudernden Armen. Bis er, noch nicht am Boden, hart gegen etwas anstößt. Das ist aber kein Felsen, sondern ein Mensch.

Kaum, dass der Kletterer sich zu diesem verhängnisvollen Winken entschloss, verspürte Martine einen Ruck, der sie vom Erdboden weghob. Das Seil, welches sie sich – aus Gründen der Stabilität – um den Leib geschlungen hatte, straffte sich schmerzhaft, instinktiv griff sie mit beiden Händen zu ... und jagte empor, nicht anders als es die Kinder in irgendwelchen idiotischen Fahrgeschäften auf dem Rummelplatz zu tun pflegen. Doch da ist der sonderbare Flug nach oben schon zu Ende; mit Schultern und Kopf prallt sie gegen Liebersteins Leib, der ihr mit Wucht von oben entgegenkommt.

Gleichzeitig schreien beide auf, frei schwebend, nebeneinander baumelnd in einer Höhe von sechs oder sieben Metern. Zweimal noch schlagen sie aneinander wie zwei federnde Spielkugeln, die an Strippen von einer Hand gehalten werden. In Panik geraten, geben sie erschreckte, tierhafte Laute von sich. Strampelnd versuchen sie, Halt zu gewinnen, doch der Fels hängt über, sie schweben im Freien. Furchtsam wendet Martine den Blick ... und erkennt, dass der Haken, an dem das Sicherungsseil befestigt ist, alles andere als festgefügt aussieht, ja, es kommt ihr so vor, als bewege sich das Eisen bereits, rage immer weiter aus dem Stein heraus. Sie würden abstürzen. Als Kind war sie einmal gezwungen worden, vom Fünf-Meter-Brett zu springen. Das war furchtbar. Aber immerhin befand sich damals Wasser unter ihren Füßen.

„Justus, unternehmen Sie was!“

„Gerne, Martine! Wirklich gerne! Würden Sie mir auch sagen, was?“ Justus starrt in die Tiefe. Zu überleben wäre so ein Sturz mit etwas Glück vielleicht – doch um welchen Preis? Heftig dotzt sein Hintern gegen die Steilwand.

„Wer ist denn hier der Extremsportler?“ Nicht einmal in dieser heiklen Lage unterlässt Martine Rouauld ihre Vorhaltungen. „Darf ich Ihnen sagen, dass dies eine äußerst unbequeme Haltung ist? Das bescheuerte Seil schneidet furchtbar ein, ich bekomme kaum noch Luft.“

„Schimpfen Sie nicht auf das Seil, Martine, das wäre wirklich undankbar.“

Unerwarteterweise wird der luftige Disput durch ein Gelächter unterbrochen. Zu ihren Füßen, die in der Luft Fahrrad fahren, ist ein Mann aufgetaucht, durchaus kein Unbekannter. Rouauld weiß es sofort: Es handelt sich um diesen Typen, dem sie einen Tropenhelm empfehlen wollten, damit er seine skurrile Kostümierung vervollständige.

„Entschuldigen Sie“, kichert der Fremde, „entschuldigen Sie meine Heiterkeit, sie ist unangebracht, ich weiß. Aber Sie geben im Augenblick ein Bild ab, das ich so schnell nicht vergessen werde ...“

Den erneuten Lachsturm unterbricht Martine rüde: „Hören Sie auf! Helfen Sie uns lieber. Sofort, sage ich! Ich kann nicht mehr.“

„Ja, ja, sicher, ich tu’, was mir möglich ist.“

Offenbar verfügt der von immer neuen Lachanfällen Ergriffene über profundere Kenntnisse auf dem Gebiet der Klettertechnik als die beiden Gescheiterten. Es dauert auch gar nicht lange, bis er sie erlöst. Vermittels eines weiteren Seils, das Justus am Boden liegen gelassen hatte, gelingt es dem amüsierten Helfer, zuerst Martine, dann auch Justus hinabzulassen. Seufzend zieht Rouauld ihr Kostüm glatt und reibt sich die schmerzende Stirn.

„Ich glaube, jetzt müssen wir uns entschuldigen. Ich hätte Sie nicht anblaffen sollen. Tausend Dank, mein Herr.“

„Keine Ursache. Ich kann das sehr gut nachvollziehen, dass Sie sich ausgelacht gefühlt haben. Aber verstehen Sie auch meine Situation: Ich ging nichtsahnend hier spazieren und höre was und sehe nach und ...“ Martine verzieht den Mund und blickt zur Seite, als ihr Retter von Neuem geschüttelt wird. „Im ersten Moment dachte ich, da hängen zwei Tote. Ein Doppelselbstmord!“ Es folgt die stärkste Lachexplosion des Retters. Als er vor Vergnügen und Atemnot zu fiepen beginnt, muss sogar Martine mitlachen.

Inzwischen hat sich auch Lieberstein berappelt. Peinlich berührt, einem Primaner nicht unähnlich, der gerade den Abiturstreich vermasselt hat, reicht er dem Mann die Hand.

„Daniel Koechlin“, stellt dieser sich vor. „Haben Sie sich etwas gebrochen?“

„Ja, alles. – Nein, aber mein Nacken ist verstaucht, noch immer.“

Aus seinem Rucksack kramt Koechlin, der sich, wie er aufgeräumt erklärt, auf Wanderurlaub befindet, einen Flachmann hervor. Zu Martines Erstaunen reicht er ihr die Flasche nicht ohne Weiteres hinüber, sondern holt auch noch ein Gläschen hervor, ein bauchiges Degustationsglas, das oben zusammenläuft, um sich am Rand wieder mit Schwung zu weiten.

„Ich glaube, Sie können jetzt ein Schlückchen vertragen, oder?“

Indessen Martine einen Doppelten hinunterstürzt, blickt Justus den Fremden an wie einen Engel.

„Wie können wir Ihnen danken? Wenn Sie nicht gekommen wären ... Und dass Sie sich auch noch mit der Kletterei auskennen ... So ein Zufall, nicht zu fassen!“

„Oh, ich wüsste schon was." Koechlin lächelt verbindlich. „Seien Sie demnächst bitte etwas vorsichtiger, versprochen?"

Seit jeher zeichnet Martine Rouauld die Fähigkeit aus, in Sekundenschnelle von einer Situation auf die andere umschalten zu können.

Während sie noch kopfschüttelnd am Krappenfelsen hochschaut, fragt sie den spendablen Wanderer: „Sagen Sie, Monsieur, kommt mir das nur so vor, weil ich eben aus Todesgefahr gerettet wurde, oder ist das tatsächlich der beste Brand, den ich seit Jahren probiert habe?"

Daniel Koechlin nickt anerkennend. „Ich bewundere Ihren Geschmackssinn. In der Tat, vor ein paar Tagen kam ich durch Lobsann, nicht so weit weg von hier. Der ganze Ort duftete nach Obst. Ich fand auch bald den Grund dafür: eine Brennerei namens Hoeffler. Alles, was ich verkostet habe, war wundervoll. Was meinen Sie?"

Erleichtert nimmt Justus das Gläschen entgegen. Er hatte erwartet, der Bewahrer seiner Gesundheit würde noch ein Weilchen auf dem Missgeschick herumreiten. Nichts dergleichen – ein feiner Mensch.

„Ach du liebe Zeit!", stößt er hervor, als er einen lieblichen, fast zärtlichen Duft in die Nase bekommt. „Ist das ein Framboise?"

„Oh ja! Ich sehe", freut sich Koechlin, „Sie wissen einen Edelbrand wirklich zu schätzen. Was Ihnen, wenn ich so sagen darf, auf dem Gebiet der Kletterei abgeht, scheinen Sie mit sensorischen Kompetenzen wettzumachen. Vielleicht sollten Sie den Felsen in Zukunft lieber meiden, hm?"

Justus unterdrückt die Nachfrage, was Koechlin damit meine; er fühlt sich zu schwach, zu benommen von der Anstrengung. Immer wieder senkt er die Nase in das duftende

Gläschen hinein. Aus Höflichkeit plaudern sie mit ihrer Zufallsbekanntschaft noch eine Weile ... über die Schönheiten, aber auch die Gefahren in der Welt der nördlichen Vogesen. Es stellt sich heraus, dass der Wanderer seit vielen Jahren hierherkommt, immer und immer wieder, da diese Landschaft allen anderen vorzuziehen sei. Von Zeit zu Zeit schaut Justus hinüber zu Arlettes Zelt, das schlaff und verlassen unter dem Felsen steht. Martine notiert sich Koechlins Adresse; zwar wehrt er ab, das sei doch eine reine Selbstverständlichkeit gewesen, doch als ihm in Aussicht gestellt wird, demnächst ein kleines Päckchen mit Lyonnaiser Delikatessen geschickt zu bekommen, gibt er die Information gern preis.

Unter die Adresse aber schreibt Martine den Namen der Brennerei. Wer weiß, ob sie in Kürze nicht noch einmal so einen Schluck benötigt, der einen aus den übelsten Zuständen ohne Umweg zurück ins Leben katapultiert ...

La Ligne Maginot

Wie oft geschieht es, dass man über unangenehme, sogar gefährliche Ereignisse lachen kann, kaum dass sie vorüber sind; dass sie, kaum vorüber, schon zur Anekdote gerinnen, die man sich selbst und anderen immer wieder gerne erzählt – weil ja doch nichts so sehr für einen einnimmt wie die Fähigkeit, sich selbst als Objekt der Ironie, der Lächerlichkeit darzustellen. Es existiert aber auch der umgekehrte Fall, womöglich kommt er noch häufiger vor: Man hat etwas überstanden, ob aus eigener Kraft oder durch fremde Hilfe, ganz egal. Mit einem Witz wird die Sache erledigt – scheinbar erledigt. Man trennt sich. Geht nach Hause. Und möchte, im schützenden Hausflur angekommen, vor Scham in den Boden sinken ...

Als sie endlich diesen Lieberstein losgeworden ist, fährt Martine Rouauld der Schrecken doppelt in die Glieder. Wie hat sie sich denn vorhin benommen? Unfassbar! Wie ein quiekender Teenager, eine Berufsanfängerin – eine Idiotin. Kein Zweifel, die absteigende Linie ist nicht zu leugnen, seit sie mit diesem Filou zu kooperieren genötigt wurde. Fast noch stärker als der Ärger über ihr eigenes dümmliches Verhalten nagt an ihr die Wut auf seine Unehrlichkeit, seinen kaum verhaltenen Hohn; sie hätte es wissen müssen, spätestens als er ihr jüngst mit schlecht gespielter Nonchalance im Karlsruher Institut den Wind aus den Segeln nahm. Jetzt liegt die Sache klar vor ihr: Selbstverständlich hat er etwas bemerkt an der Wand. Und will es ihr partout nicht sagen. Dieser Schuft, dieser hinterhältige!

Verbissen, ohne sich vom Hauspersonal helfen zu lassen, trägt Martine ihre Habseligkeiten die Treppe hinauf, zum Schluss einen grausam schweren Koffer mit technischem Gerät. Mehrere Tage musste sie warten, bis sie den kleinen Umzug von Ferme Auberge zu Ferme Auberge bewerkstelligen konnte. Jetzt aber ist das Zimmer auf dem Gimbelhof endlich frei geworden, das sie unbedingt für ihre weiteren Forschungen benötigt – von deren Ergebnissen einer ganz bestimmt nichts erfahren wird: Lieberstein. Noch bevor sie ihre Kleidungsstücke in den Schrank räumt, schließt Martine die Tür hinter sich ab, wuchtet den Technikkoffer aufs Bett und räumt ihn aus. Dutzende schwarze, metallene Gegenstände legt sie auf der Daunendecke aus. Alles vorhanden? Alles vorhanden. Immerhin das gelingt ihr noch: Ordnung bewahren. Falsch! Sie hat die Sachen ja zusammengetragen, bevor sie diese unheilige Allianz einging. Ja, unbedingt muss sie wieder anknüpfen an ihre bewährte Methodik. Allein arbeiten, in der Stille ... und dann mit Verve die präzise Strategie abrollen, wie sie es immer getan hat.

Der Blick aus dem Giebelfenster geht ungehindert hinüber zum Krappenfelsen. Heute spielt er wieder den Unschuldigen, schaut so friedlich drein und ein bisschen bedeppert, seiner wandertouristischen Attraktivität gewiss. Aber da überschätzt er sich! Von dieser Stunde an ist es vorbei mit seinem Geheimnis ... das wahrscheinlich gar keines ist. Exakte Beobachtung und logische Auswertung werden kindisches Rätselraten nun ablösen. Martine schiebt die Gardine halb zurück und macht sich ans Werk. Sie löst die Klappverschlüsse des Stativs; mit gemessener Eleganz gleiten die Stangen, gefertigt aus einem Leichtmaterial, aus den Röhren. Die Verschlüsse werden arretiert, die Scharniere eingesetzt, das Stativ in Stellung gebracht.

Perfekte Höhe auf Anhieb, wer sagt's denn? Einen Moment noch zögert sie: Wer ist besser geeignet für diese Aufgabe, ihre alte analoge Leica-Messsucher-Kamera oder die Nikon F5 mit dem 302,5 ED Teleobjektiv? Für heute gibt sie der Nikon den Vorzug, warum nur? Seltsam, bisweilen (und gar nicht so selten) entscheiden Gefühlsdinge selbst im Zentrum der exakten Wissenschaften.

Mit energischen, noch immer von Wut geschärften Bewegungen verschraubt Martine die Bestandteile miteinander. Es verschafft ihr eine gewisse Befriedigung, wie nahtlos diese Versatzstücke ineinander passen. Gut hat sie diese Kamera gepflegt über die Jahre, so wie sie alles hütet und hätschelt, was sie einmal für wert befunden hat, zu ihrer Arbeit dazuzugehören. Weit überlegen erscheint ihr die altmodische, analoge Apparatur gegenüber diesem Digitalkram – diesem Firlefanz, für den die jungen Leute ihre Seele verhökern.

Ah, da ist auch die Schere. Sämtliche Filter stecken brav in ihren Tütchen und Gehäusen. Kurz denkt sie nach. Dann schneidet sie einen Kodak-Gelatine-Orangefilter zurecht und klebt ihn ins Teleobjektiv. Ohne Widerstand lässt sich die Kamera im Stativ fixieren. Minutenlang kontrolliert Martine die Ausrichtung, wieder und wieder. So, besser wird's nicht. Mit extralanger Brennweite und einem niedrig empfindlichen Film dürften sich auf diese Entfernung hin die besten Ergebnisse erzielen lassen. Einen Moment lang steht sie im Zimmer, reibt sich die Stirn, wo sich der Schmerz des Aufpralls pochend bemerkbar macht. Dann hastet sie ins Bad, lässt Wasser aus dem Hahn in den Zahnputzbecher laufen, wirft eine Tablette ein und trinkt. Es ist die fünfte.

Als sie sich wieder auf ihren Beobachtungsposten begibt und durch die Linse schaut, zeigt sich Rouauld hochzufrieden.

Unglaublich, wie nahe diese Gottheit von einer Kamera dem alten Felsen auf die Struktur zu rücken in der Lage ist! Nach einem Raster, das sie schon dutzende Male angewandt hat im Laufe zweier Jahrzehnte, fotografiert sie den Felsen ab, Quadratzentimeter für Quadratzentimeter. Nicht anders haben in früheren Zeiten die Landschaftsmaler gearbeitet; an der Rastertechnik mit Planquadraten aus Schattenstreifen gibt es einfach nichts zu verbessern. Computer mögen das Ergebnis vielleicht optimieren – doch die Grundlage, die Ausgangssituation schafft man am besten selbst. Erst als sämtliche Fotos geschossen sind, lückenlos ineinander übergehend, zieht Martine ihre Kostümjacke aus, begibt sich zurück ins Badezimmer und macht sich frisch. Im Spiegel mustert sie eine sehr erschöpfte Frau. Aber der Hebel ist umgelegt: Es gelten wieder ihre Spielregeln, und das ist gut so. Noch einmal kehrt sie zur Kamera zurück, dreht von Detail- auf Gesamtansicht. Alle fünf Minuten wird nun ein Bild vom Felsen eingefangen; mal sehen, wer sich da noch so herumtreibt, außer merkwürdigen Tropenforschern, selbstsüchtigen Flittchen und ihren widerwärtigen Verehrern.

Der Nebengedanke erinnert die Ermittlerin daran, dass es längst an der Zeit ist, ein zweites Gerät zusammenzubauen, das auf der Decke bereitliegt. Im Gegensatz zur fotografischen Technik, wo sie der unüberbietbaren Qualität analoger Instrumente nach wie vor vertraut, ist Martine Rouauld mit ihren GPS-Ortungssystemen immer auf dem neuesten Stand. Bereits am ersten Tag hat sie den Peilsender unter dem Sattel von Liebersteins affigem Elektrofahrrad appliziert; bislang überwand sie sich nur zweimal, seinen Aufenthalt zu bestimmen. Es dauert nicht lange, bis das Ortungsgerät ihr anzeigt, wo sich dies ach so ökologische Fahrzeug befindet: ganz artig da drunten in Hirschthal, hinter der Grenze, in der Pension Fleckenstein. Vermutlich hält der Herr Kollege gerade ein Nachmittagsschläfchen – dieser Hedonist. Und wartet darauf, dass ihm Martine die neuesten Ermittlungsdaten zukommen lässt. Nun, dieses Mal wartet er vergeblich. Wie konnte sie so naiv sein.

Mit ihrer Vermutung liegt Rouauld nur knapp daneben. Tatsächlich hat sich Justus sofort zum Schlummern in die Badewanne gelegt. Es beißt mächtig an den Stellen, wo die Haut abgeschürft ist. Justus glaubt an Jungbrunnen, seit ihm eine Herzensfreundin, auf deren Namen er sich beim besten Willen nicht mehr besinnen kann, vor Jahren ein Mittel von wundersamer Wirkkraft geschenkt hat: Frühmesner Badeöl. Dieser Duft von großer Reinheit besänftigt unmittelbar. Leider wurde die Produktion längst eingestellt, weshalb er immer wieder versucht, irgendwo Altbestände aufzutreiben. Justus muss sich ablenken, mit irgendwas. Aus einem Regal zieht er unter ein paar Zeitschriften ein altes Büchlein vom Touristenverband Südpfalz hervor. Ein Weilchen schmökert er darin, doch die düsteren Sagen, von denen da in pathetischer Sprache die Rede ist, sind zur Entspannung absolut untauglich. Sogar die Nibelungen sollen sich in den Wäldern zwischen Fleckenstein und Wasigenstein getummelt haben. Nachdem Justus von einem blutigen Rittergefecht zwischen Hagen, Gunther und einem Herrn Walther liest, das mit einer skurrilen Versöhnungszeremonie endet, legt er das Bändchen zur Seite.

„Aus vielen Wunden blutend", heißt es im Text. Immerhin, das passt für seinen Zustand nicht mal so schlecht. Justus holt Luft und taucht unter. Er beabsichtigt, sich ein paar Tage unter Wasser aufzuhalten. – Immerhin, eine gute Stunde bleibt der gebrochene Held in der lieblich dünstenden Brühe dösend liegen. Unter Mühen hievt er sich schließlich aus der Wanne und schleppt sich hinüber zum Bett. Klitschnass wickelt er sich ein. Und schläft einen hektischen, wenig erholsamen Schlaf. Erst die große Pfälzer Rieslingschorle, kombiniert mit einem Schmalzbrot, dargereicht von der besorgten Wirtin im Aufenthaltsraum der Pension, bringt Justus wieder zu sich. In der Tat, seine Regenerationsfähigkeit hat kaum gelitten. Was ihn aber im Augenblick am meisten freut, ist die Abwesenheit von Martine. Nicht allein seine Ungeschicklichkeit ist ihm unangenehm; ohne sein eigenes Zutun, so empfindet er, spitzt sich die Entwicklung zu einem Konkurrenzkampf zu. Wodurch er letztlich den Eindruck gewonnen hat, dass Martine seine Fähigkeiten nur für ihre Zwecke zu nutzen bestrebt ist, er kann es nicht sagen. Doch dieser unaufhörliche Spott hat ihn zermürbt, hat seiner Aufgeschlossenheit einen Riegel vorgeschoben. Keine Ahnung, wie dieser Ausbund an Disziplin und Korrektheit den Sektor der physischen Bedürfnisse reguliert. Er aber, Justus Lieberstein, ist noch längst nicht abgestorben: Noch immer fühlt er, wie ein Mann zu fühlen hat. Basta. Dass ihm das natürliche Bestreben, eine Frau zu erobern, deren Schönheit ihn lockt, dermaßen verübelt wird, beleidigt ihn. Diese Martine führt sich ja auf wie eine calvinistische Mutter!

Unterstützt von einer zweiten Schorle und einem zweiten Schmalzbrot mit ordentlich Pfeffer darauf, widmet sich Justus seinen Recherchen am Schreibtisch. Auf dem Bildschirm seines Notebooks erscheint in Hochauflösung – der Verlauf der Ligne Maginot. Wenn er doch wüsste, ob Martine diese Randbemerkung der Expertin für die Tunnelsysteme der nördlichen Vogesen ebenfalls aufgefallen ist ... Immerhin, bislang hat sie keine Andeutungen gemacht. Unter den Prospekten, die er in der Touristeninformation am Fleckenstein zusammengesammelt hat, befindet sich ein grünes Faltblatt. „Ouvrage du Four-à-Chaux Lembach“ ist es überschrieben. Das Titelfoto zeigt ein Bollwerk aus Beton, „Kalkofen“ genannt. Wenn Felsen bellen können, ist alles möglich, sinniert Lieberstein, dem dieser Auftrag mit verdrießlicher Geduld nach und nach seine Grenzen aufzeigt. Er muss jetzt weiterkommen, mit allen Mitteln. Die Fülle an Informationen überrascht ihn; neben hochoffiziellen Seiten der Touristenverbände und des Denkmalschutzes existieren allerlei detailreiche Schilderungen von Hobbyarchäologen und Geschichtsfans, die sich seit Jahrzehnten unerlaubterweise in die unterirdischen Gänge der Ligne Maginot hineinbegeben. Seltsame Typen.

In einer Hinsicht stimmt Justus mit Martine überein: Die Lösung dieses Falls wird unkonventionell ausfallen. Handelte es sich tatsächlich nur um ein vorübergehendes Abtauchen des Lennart von der Aue, hätte es längst irgendwo eine Meldung gegeben. Selbstmord ist bei so sensiblen Hochbegabten ohnehin niemals auszuschließen. Aber Arlette? Undenkbar. Justus schüttelt sich, von Erinnerungsbildern gepeinigt. Er zwingt sich, wieder auf den Bildschirm zu stieren, es hilft ja nichts. – Nach einigen Klicks stellt er fest, dass die in den dreißiger Jahren mit titanischem Aufwand und minimalem Erfolg geschaffene Verteidigungslinie durch sein Zielgebiet führt: Festungsabschnitt Nr. 14, Vogesen, liest er da. Infanteriewerk Lemberg, petit ouvrage, Abkürzung P.O. Darüber: Artilleriewerk Lembach Kalkofen, gros ouvrage, Abkürzung G.O.

Lieberstein arbeitet sich ein in die Denkweise der Erbauer. Er vernimmt, dass die Unternehmung nur über die hohen Reparationszahlungen nach dem Ersten Weltkrieg zu finanzieren war. Paragraf 231 in diesem unseligen Versailler Vertrag sprach die Alleinschuld Deutschland zu. Das kostete ziemlich genau 33 Milliarden Dollar und erbrachte den Verlust von 15 Prozent des Territoriums – die nachfolgenden Katastrophen nicht eingerechnet.

André Maginot, den später eine Austernvergiftung in der Blüte seiner Jahre dahinraffte (typisch Franzose, stellt Justus gefühllos fest), hatte angestrebt, das Ungleichgewicht der Bevölkerungszahlen zwischen den Feinden zu kompensieren, anders gesagt: Frankreich verfügte über zu wenig Soldaten – ein paar Jahre nach dem Ersten Weltkrieg an und für sich nichts Erstaunliches. 450 Kilometer Straßen und Eisenbahnlinien im Erdinnern verbanden die ausgeklügelt positionierten Festungswerke miteinander. 1,5 Millionen Kubikmeter Beton wurden verbaut. Schon die kleinen Kampfbunker hatten eine Wandstärke von fünf Metern. Was es dort unten nicht alles gab! Die Tunnelsysteme waren verzweigt wie Bäume. Eigene Kraftwerke zur Energieversorgung wurden installiert, U-Boot-artige Mannschaftsräume, erstaunlich moderne Küchen, Vorratslager, Wasserversorgung, Heizung, Telefonnetze. Ganz besonders interessiert Justus die Einrichtung jener „Cloches“ genannten Beobachtungsposten. 1.500 Stück baute man von diesen gruseligen Dingern, die den stets kulinarisch orientierten Franzosen die Erinnerung an jene metallenen Halbkugeln eingab, welche man zum Abdecken warmer Speisen vor dem Servieren gebrauchte. Hat Justus beim Umherstreifen im Wald nicht ein paar von diesen überdimensionalen Eisenglocken ausgemacht?

Doch bald verliert sich der Leser in weniger seriösen Seiten, die vermutlich von Verschwörungstheoretikern erstellt wurden. Außer zur Pilzzucht, für Museen und sogar Weinkeller, behaupteten da einige, würden Teile der Maginot-Linie nach wie vor zu Geheimzwecken genutzt. Auch sei überhaupt nur ein Teil der alten Befestigungsanlage in den öffentlich bekannt gewordenen Karten und Plänen verzeichnet worden. Offenbar von der kruden Ästhetik der Bauwerke faszinierte Halbirre faseln von militärischer Spezialnutzung: Atomforschung, Entwicklung biologischer Kampfstoffe. Natürlich dürfen weder im wahrsten Sinne in den Untergrund gegangene Nazis noch Außerirdische fehlen. An einer Stelle ist sogar von diesen „Weißkappen" die Rede – wer hat ihm kürzlich davon erzählt? Justus weiß es nicht mehr. Er hat genug.

Drei Uhr morgens. Seufzend schaltet Lieberstein den Computer aus. Die fünf Dutzend Seiten, die er ausgedruckt hat, wird er beim Frühstück genauerer Betrachtung unterziehen. Dabei fällt ihm ein, dass er vorm Schlafengehen noch einmal sein GPS-Gerät konsultieren könnte. Der Sender hinter dem rechten Vorderreifen von Martines Auto funktioniert tadellos. Was ist das? Die Schreckschraube befindet sich offensichtlich nicht mehr im Tal bei Drachenbronn. Sondern auf dem Gimbelhof – um diese Zeit! Na warte ... Sobald ihr Fahrzeug sich in Bewegung setzt, wird er jedenfalls informiert sein.

Ihrer Gewohnheit nach bleibt Martine Rouauld lange wach. Die Aufgabe heute Nacht ist ohnehin so fesselnd, dass sich bislang nicht das geringste Schlafbedürfnis bemerkbar macht. An der hohen Rückwand des Giebelzimmers hat sie die vergrößerten selbst entwickelten Fotografien angebracht – ein Modell des Krappenfelsens, zumindest seiner entscheidenden Partien. Fabelhaft, ihre alte Nikon hat allerbeste Arbeit geleistet. Die Felsstrukturen sind so präzise wiedergegeben, dass man die winzigsten Auffaltungen des Gesteins erkennt. Hie und da ein Grashalm, ein Bewuchs von Flechten, alles wie unter der Lupe betrachtet. Martine hat sich den bequemsten Sessel vor das Riesenbild gerückt. Sie hält ihr wertvollstes Okular vors Auge. Die abermalige immense Vergrößerung erschwert für den Augenblick die Orientierung; aber die Sucherin gewöhnt sich daran. In aller Ruhe tastet sie die Fläche mit den Augen ab, wobei sie – zum ersten Mal seit Tagen – ein Gefühl von Einverständnis durchströmt. Wahrhaftig, sollte irgendwo die kleinste Auffälligkeit an diesem vermaledeiten Felsen zu finden sein, so auf diese Weise!

Bald aber verschwimmen die Konturen vor ihren Augen. En détail scheinen sich die verschiedenen Quadrate eher zu gleichen als zu unterscheiden. Wonach sucht sie eigentlich? Nach etwas Bestimmtem? Nein. Martine gesteht sich nur halb ein, was sie zu finden bestrebt ist; viel zu spektakulär ist diese Hypothese. Und doch, was hat sie nicht für Dinge gesehen, seit sie damals die Verwaltung verlassen hat ...

„Auf zur letzten Runde!“, flüstert sie sich zu, fährt sich über die Augen, nimmt noch ein Schlückchen vom Crémant, diesem ungemein charmanten Leichtfuß von einem Weingut aus Seebach ... und wendet sich Planquadrat F 7 zu. Von Minute zu Minute fällt es ihr schwerer, wach zu bleiben. Was, wenn auch dieser Aufwand völlig ohne Ergebnis bliebe? Immerhin könnte sie Madame von der Aue eine Sehenswürdigkeit präsentieren: „Sehen Sie, Madame, dies also ist der Felsen, an dem ihr Sohn zum letzten Mal gesehen wurde. Ist das nicht faszinierend? Möchten Sie sich's nicht ins Schlafzimmer hängen?“

Martine hält inne. Es könnte Zufall sein. Schwarze Pünktchen verlaufen in einer Linie von F 8 nach H 8. Eine Täuschung? Vielleicht. Die Nachtarbeiterin setzt sich gerade.

Gibt's diese Punkte noch anderswo? Und wenn, wozu könnten die da sein? Ist es eine Zeichnung, eine Schraffur am Felsen? Neue Graffitis? Prähistorische Zeichnungen? Im nächsten Augenblick ist nichts mehr zu erkennen. Keine Pünktchen, keine Linie, alles verschwunden. Martine schließt die Augen. Jetzt sind sie wieder da! So nahe wie möglich zoomt sie sich an die fotografierte Oberfläche heran. Na so was! Auch oberhalb, nach G 8 verläuft diese vielfach unterbrochene Linie. Dann hört sie auf. Nein, doch nicht, sie knickt ab. Hinüber nach G 7, G 6 ... Mit einem Leuchtmarker tritt Martine vor die Aufnahmen, verbindet alle Pünktchen, die sie findet. Immer wieder muss sie von der Wand zurücktreten, von Neuem durchs Fernglas blicken, wieder vorrücken ...

Im Verlauf einer Stunde kommt etwas zustande, das Martine Rouauld den Atem verschlägt. Es ist ein Rechteck, ein aufrecht stehendes Rechteck, so fein gezeichnet, dass man es von Weitem, aber auch aus nächster Nähe übersehen könnte, besser: übersehen soll. Die schwarzen Punkte liegen in unregelmäßigen Abständen zueinander; vermutlich überlappen sich winzige steinerne Vorsprünge auf komplizierte Weise, sodass der Eindruck eines Schnitts, eines Risses im Fels vermieden wird. Martine lehnt sich im Sessel zurück, schlürft den Rest Crémant. So, so ... Am Ende hat die Verrückte im Wald mit ihren Märchen gar nicht mal so unrecht. Denn hier handelt es sich um eine logische Koinzidenz: Exakt an der Stelle, wo Lennart fotografiert wurde, bevor er verschwand, ist eine (Martine wagt kaum, das Wort vor sich selber auszusprechen) ... ist eine – Tür. Eine Tür im Krappenfelsen! Auf so etwas Idiotisches kommt freilich keiner. Wer nun aber mit solcher Akribie und derartigem Geschick eine passgenaue Pforte hier eingelassen hat, das entzieht sich fürs Erste ihrer Kenntnis.

Four à Chaux

Beinahe gleichzeitig kontrollieren die beiden Ermittler im Fall von der Aue ihre Ortungsgeräte: Alles scheint in Ordnung; entweder die andere Seite hat sich zu Fuß irgendwo hinbegeben oder aber sie liegt noch im Bettchen. Eine Viertelstunde später verlassen Martine Rouauld und Justus Lieberstein ihre Domizile in unterschiedliche Richtungen. Martine ärgert sich noch – ein bisschen. Der Erfolg, nein, mehr noch, der Durchbruch von gestern Nacht überlagert den lästigen Umstand, dass sie ein Päckchen aus Paris, das ihr vor Kurzem geschickt wurde, drunten in der Auberge du Moulin des 7 Fontaines vergessen hat. Darin befinden sich zwei Bücher, ein Katalog und eine Doktorarbeit, die mit einem Mal von größtem Interesse für die weitere Arbeit sein könnten. Die Fahrt mit dem Auto durch die stillen Wälder tut ihr wohl; einmal mehr hat sie zu wenig geschlafen. Martine lässt die Fenster herunter, atmet die Morgenluft ein. Endlich ist sie wieder bei sich selber angekommen, hat die Kontrolle zurückerlangt. Dieses Ideechen von Lieberstein, das „Preisgeld", wie er sich ausgedrückt hat, am Ende zu teilen, hat sich wohl erledigt. Vermutlich hätte er sie doch nur hinters Licht zu führen versucht.

So genau, wie seine Konkurrentin meint, kennt sie Liebersteins Charakter denn doch nicht. Wie schon oft in seinem Leben, lässt er auch diesmal die Dinge auf sich zukommen. Man wird sich entscheiden, wenn es so weit ist – wozu sich vorher grämen? Für den Augenblick scheint es angeraten, separiert vorzugehen. Ein bisschen Wettstreit ist sicher dabei, warum auch nicht? So etwas kann mitunter sehr anregend sein. Justus muss sich eingestehen, dass ein solcher Augenblick sehr wohl mit erheblichen Triumphgefühlen verbunden wäre, wenn er der rigiden Französin Punkt für Punkt die Auflösung der Geschichte unterbreiten könnte. Vergnügt schnallt Lieberstein das Köfferchen auf sein E-Bike, sitzt auf und radelt davon, in der Absicht, den Fleckenstein zu umkurven. Vor der nächsten Steigung schaltet er auf Stufe 3; es ist immerhin Teilstück einer echten Tour-de-France-Etappe! Bis hinauf zum Col du Pfaffenschlick, von Radsportreportern aus aller Welt mit dem größten Vergnügen auf skurrile Weise immer wieder ins Mikrofon gekichert, führt ihn seine Route. Am Nachmittag beabsichtigt Justus nichts weniger als einen Einbruch – in ein vom französischen Staat unter Denkmalschutz gestelltes ehemaliges Militärgebäude. Und genau dabei soll ihm dieser Staat in Gestalt eines seiner Bediensteten behilflich sein.

Claude Strümpfle, ein kerniger Mittsechziger, dessen einzige verbliebene Leidenschaft (neben dem Elsässer Presskopf) in der Wartung eines Teilabschnitts der Maginot-Linie besteht, redet mit Passion auf Justus ein. In der „Auberge du Pfaffenschlick“, an der Biegung der Passstraße unter hohen Waldbäumen gelegen, haben sie sich zu einem leichten Mittagsmenü zusammengefunden. Das anheimelnde Anwesen wird von Familie Seraphin geführt – fürwahr, ein passender Name angesichts der vielen Höhenmeter ... Vorweg je ein halbes Dutzend Weinbergschnecken, hinterher Profiteroles mit dunkler Schokolade, als Hauptgang aber einen würzigen Presskopf, ja, was denn sonst!

„Am besten trinkt man Bier dazu“, klärt Strümpfle auf. Er wartet die Reaktion seines Gegenübers nicht ab, sondern bestellt zwei Meteor, „das letzte echte Bier aus dem Elsass, wissen

Sie? Es ist eine Schande. Früher hatten wir in jedem Ort zwei Brauereien ..."

„Bei uns ...", will Justus ergänzen, doch kommt er nicht dazu. Der Redestrom des gebürtigen Fröschweilerers lässt sich weder von den gewaltigsten Ladungen Schweinefleisch noch vom nachfolgenden umständlichen Aufschließen mehrerer schwerer Türen unterbrechen, die in das direkt gegenüberliegende Bollwerk aus Stahl und Beton, Liebersteins Ziel, hinunterführen. Ausführlich erklärt er die Techniken der Belüftung, der Ausrichtung der Kanonen, die nicht in direkter Front auf den Gegner zielen, sondern das Aufmarschfeld diagonal „bestreichen". Justus fragt sich, ob ein gewisses Bedauern mitschwingt, als Strümpfle darauf zu sprechen kommt, dass all diese wunderschönen Verteidigungswaffen niemals zum Einsatz kamen. Unfair, aber Justus muss gähnen. Sein Fremdenführer durch die mal schrägen, mal schmalen, mal von Eisenbahnschienen belegten Gänge kann nichts dazu; jede Art von Besichtigung löst diesen Impuls bei Lieberstein aus, seit jeher. Außerdem hat er längst genug gesehen; es geht ihm um die Verriegelung – das ist alles. Nur einmal kommt er in Verlegenheit, beim Abschied, als ihn der leidenschaftliche Elsässer fragt, für welches Magazin er denn schreibe.

Justus, der so ungern lügt und doch so oft dazu gezwungen ist, laviert herum: „Oh, das wird sich noch herausstellen. Ich nehme an, es wird in der Militärhistorischen Rundschau Osnabrück veröffentlicht."

„Ah. Kenne ich gar nicht."

„Ich auch nicht", denkt Justus.

„Sie sind freier Mitarbeiter?"

„Ja, ja, ganz frei."

Zu dem Zeitpunkt, da Lieberstein seinen kleinen Schwarzen zum Dessert serviert bekam, begab sich Martine Rouauld, wenige Kilometer entfernt, zum Mittagsmahl ins Drachenbronner Restaurant „Au Châtaignier“: Zum Kastanienbaum. Tatsächlich verspürt sie noch gar keinen Hunger, doch ihr Vorhaben könnte kraftraubend werden. Nur vernünftig, sich mit etwas zu stärken, das gut vorhält. Es scheint so, dass eine der Spezialitäten des Hauses der Flammkuchen ist. Ja, warum denn nicht? Jetzt befindet sie sich schon so lange im Elsass und hat noch keine einzige Tarte Flambée probiert! So geht das nicht weiter. Martine wählt die Variante mit gratiniertem Münster, dazu ein Gläschen Pinot Blanc – perfekt. Während der Mahlzeit vertieft sie sich in die Schriften, die in der Auberge des 7 Fontaines wohlverschnürt für sie bereitlagen. Die Dissertation erweist sich als unbrauchbar; wie so oft verliert sich die Wissenschaft in Detailkram, der für niemanden nütze ist, schimpft Martine vor sich hin. Wozu soll sie sich siebzig Seiten lang in die Belange der Heizungstechnik der dreißiger Jahre einarbeiten? So ein Quatsch!

Was sie benötigt, findet sich in dem anderen Schriftstück, einem eher schmalen Katalog, der vor über einem Jahrzehnt anlässlich einer Ausstellung in Bitche erschienen ist. Ha, wenn Justus wüsste, welch präzise Aufstellung sämtlicher Haupt- und Nebensysteme der Ligne Maginot von der belgischen bis zur Schweizer Grenze ihr vorliegt! Martine ertappt sich dabei, wie die reine Häme ihre Mundwinkel verzieht. Es ist unglaublich, mit welcher Exaktheit, unbekümmert um Missbrauch und Verschwörungstheorien, die verschiedensten Teilbereiche hier eingezeichnet sind. Als Martine zum entscheidenden Faltplan vorrückt, beginnen ihre Finger leicht zu zittern; was an anderer Stelle mit wünschenswerter Klarheit vermerkt ist, muss in ihrem Abschnitt ja nicht unbedingt genauso präzise vorhanden sein ... Langsam klappt sie die Karte auf. Da ist die Burg Fleckenstein. Hier der Gimbelhof. Das kleine Getupfte aber, das muss der Krappenfelsen sein. Martine hält den Atem an. Von zwei Seiten her führen gestrichelte Linien direkt dorthin. Martine muss nicht lange suchen, um die Erklärung dafür zu finden, warum diese Linien gestrichelt sind und nicht durchgezogen wie die anderen.

In der Legende ist alles verzeichnet. „Nicht offiziell" steht da zu lesen. „In Planung" wäre außerdem möglich. „Verdeckter Beobachtungsposten" steht ebenfalls zur Auswahl. Von der letzten der Möglichkeiten jedoch fühlt sich Martine elektrisiert: „Militärische Nutzung nach 1945". Nachdenklich schiebt sie den Katalog von sich und bestellt ein zweites Glas Wein. Wenn das wahr wäre, dann ... dann könnte eine bislang unvorstellbare Hypothese naheliegen – für eine ausgewiesene Rationalistin wie Martine Rouauld knietief im Grenzland fantastischer Spekulationen.

Mit Unbehagen setzt Justus Lieberstein den Bolzenschneider an. Sämtliche Beobachtungsposten, MG-Nester und Fortifikationen der Maginot-Linie sind nach Schema F geplant, genormt und installiert. Nicht anders als die „Cloche" am Col du Pfaffenschlick, wird auch die eiserne Haube im Wald zwischen Fleckenstein und Krappenfelsen von einer Stahlluken-Platte gesichert, die an vier klobigen Angeln befestigt ist. Nein, es gibt Angenehmeres für einen Deutschen als in französisches Staatseigentum einzudringen – noch dazu in ein historisch so sensibles Gebilde wie den berühmtesten und zugleich bedeutungslosesten Verteidigungswall der Geschichte ... Kurz malt sich der Eindringling aus, wie die Gendarmen reagieren würden, wenn sie ihn hierbei erwischten; eine gewisse Unzärtlichkeit darf man voraussetzen. Immerhin, das Werkzeug funktioniert tadellos. Keine fünf Minuten konzentrierter, beinahe geräuschloser Schwerstarbeit bedarf es, und Justus ist drin. Ein Gefühl der Beklommenheit macht sich breit; eng ist es hier, feucht und finster. Und es riecht nicht gut. Nachdem er die Einstiegsluke von innen verschlossen hat, knipst Justus seine Stabtaschenlampe an.

Exakt nach dem Muster, wie es ihm zuvor freundlicherweise von Monsieur Strümpfle präsentiert wurde, befindet sich ein zweites Hindernis mit dicken Nieten, eine schräg in den Stahlbeton eingelassene Tür, an der Rückfront des Bauwerks. Auch diese ist fest verriegelt, wird aber nur von zwei Angeln gehalten. Dahinter führt eine Treppe mit gut zwei Dutzend Stufen in die Tiefe. Die Luft ist abgestanden und kalt; nichts deutet darauf hin, dass in den letzten Jahren jemand hier vorbeigekommen ist. Der Handlauf ist staubig. Auf einer Stufe liegt ein einzelner Handschuh. Justus hebt ihn nicht auf. Er lauscht – überhaupt nichts ist hier unten zu hören. Endlich gelangt er in einen breiteren Gang. Deutlich tiefer scheint dieser zu liegen als sein Pendant von heute Mittag. Wie soll sich der Eindringling jetzt orientieren? Nur die ungefähre Richtung ist ihm klar: Unterirdisch zum Krappenfelsen, um dem alten Dämon auf die Schliche zu kommen ... Justus konsultiert seinen Taschenkompass und macht sich gen Südosten auf. Nicht lange, da gerät er auf einen der Hauptverbindungswege. Hier liegen Schienen, bestens in Schuss, immer noch befahrbar, sobald man eine Draisine oder dergleichen daraufstellte.

Justus leuchtet in die Schwärze – der Weg verläuft diagonal nach oben. Es bleibt ihm nichts übrig, er muss dem Verlauf so lange folgen, bis der erste Stollen nach links abzweigt. Von unerfreulichen Gedanken begleitet, strebt er voran. Nein, für Menschen, die an Klaustrophobie leiden, ist das gar nichts, dieses Labyrinth. Justus erinnert sich an einen Übungseinsatz, kurz vor seiner Aufnahme in die Spezialeinheit. Zwei Tage lang, rekonstruiert er mühsam, lag er da mit einem Kumpel (wie hieß der bloß?) in einem Verschlag, einer Grube unter der Erde, irgendwo in einem Wüstengebiet. Es ging wohl darum, wie sie sich die einzige Flasche mit Wasser aufteilen, den Stress der Isolation überstehen würden und so weiter ... Justus weiß nicht mehr, wie er das damals durchgehalten hat; irgendwie werden sie sich wohl als Helden gefühlt haben. Welche Qualen, welche Ängste sie durchgestanden hatten, davon schwiegen beide. Nur noch ein einziges Mal sind sie sich danach begegnet, in einer Fußgängerzone im Rheinland. Sie haben einander zugenickt.

Kaum hat er das Geräusch vernommen, knipst Justus die Lampe aus. Verdammt, wie kann das sein? Ist er denn nicht alleine? Kein Zweifel, da waren Schritte. Offenkundig in einem der Nebengänge. Justus atmet so leise wie möglich. Er erstarrt. Unterhalten sich da nicht zwei? Ist das Französisch? Eher nicht. Im Zweifelsfall ist die Stabtaschenlampe ein gutes Schlagwerkzeug. Doch Justus würde sie lieber nicht einsetzen – vor allem nicht gegen eine eventuell bewaffnete Übermacht. Jetzt erspäht er einen Lichtschimmer. Weiter vorne, an der nächsten Verzweigung, müssen sie eben vorbeigekommen sein. Es geht nicht anders, unter allen Umständen muss Justus erfahren, wohin die Unbekannten gehen. Vorsichtig bewegt er sich ein paar Meter voran. Hoffentlich drehen die nicht ab und kommen auf ihn zu ... Wer können die nur sein? Obdachlose, die sich irgendwo einen Eingang geschaffen haben?

Grenzschützer? Die Entführer von Lennart?, schießt es Justus durch den Sinn. Die Lampe fest im Griff, tastet er geradeaus. Das geht nur sehr langsam, in völliger Finsternis; wenn etwas vor ihm auf dem Boden läge, er würde unweigerlich dagegenstoßen, vielleicht stolpern und –

Das Scheinwerferlicht blendet ihn brutal. Kaum hat er mit der vorausfühlenden Hand die Lücke in der Wand, die Öffnung zum Seitenweg erspürt, trifft ihn der gleißende Strahl unvermittelt. Soll er sich entschuldigen, er sei nur ein verirrter Tourist? Verdammt, wie konnte ihm das nur passieren? Er war einfach nicht vorsichtig genug. Als er ein höfliches „Pardon" stammelt, faucht ihn eine Stimme an. Es ist keine unbekannte.

„Schon wieder Sie! Das gibt's doch gar nicht!"

Äußerste Verblüffung, anschwellender Ärger, aber auch Erleichterung vermischen sich in Liebersteins Stimme.

„Martine – Sie?"

„Das kann doch gar nicht wahr sein, wird man Sie denn überhaupt nicht mehr los?", mokiert sich die Frau mit dem Scheinwerfer.

„Wo sind die anderen?", presst Justus hervor.

„Was? Wen meinen Sie denn?"

„Sie haben sich doch eben unterhalten. Bitte, könnten Sie das Licht runternehmen? Es blendet."

Martine räuspert sich. „Da war niemand außer mir. Vermutlich habe ich mit mir selbst gesprochen. Das kommt manchmal vor."

Nur langsam erholt sich Lieberstein von dem Schock. Er hievt seine schwere Tasche von den Schultern und stellt sie ab. Doch schließlich muss er grinsen. Ist es denn die Möglichkeit? So ausgedehnt sind diese Wälder ... und ausgerechnet hier drunten in diesem Gewirr mit tausend Verzweigungen trifft er auf diese Frau.

„Offensichtlich“, beginnt er verwirrt, „sind wir einander ähnlicher als uns vielleicht lieb ist.“

„Bitte?“

„Ständig kommen wir auf dieselben Ideen, das ist doch auffällig!“

„Mich würde vielmehr interessieren“, schneidet ihm Martine das Wort ab, „ob wir nun miteinander oder gegeneinander operieren, Lieberstein!“

„Aber ...“

„Ich habe Ihnen schon einmal gesagt, Sie sollen nicht immer so bubenhaft erstaunt sein. Sie tun immer so vertraulich und kollegial, aber Sie sind nicht ehrlich. Sie sind ein Filou, und das wissen Sie nur zu gut. Ständig unternehmen Sie irgendwelche Dinge an mir vorbei, auf eigene Faust, die nicht abgesprochen sind. Was soll ich denn da denken?“

„Nun ja, das ist vielleicht schon das Problem.“

„Was?“

„Dass wir nicht genau genug abgesprochen haben, was wir zusammen und was wir getrennt machen.“

Diese bedachtsame Erwägung scheint Martine zu erfreuen. Zwar stimmt sie nicht zu, doch verharrt sie einen Augenblick lang schweigend, sodass ihr Zorn sich legen kann. Endlich schlägt sie vor, die weitere Debatte zu verschieben, bis sie wieder ans Tageslicht zurückgekehrt sind. Für den Augenblick sei es wohl sinnvoller, sich – nun eben gemeinsam – zu orientieren, um sich in diesem Graus zurechtzufinden. Justus stimmt zu und knipst seine Lampe wieder an. Diese, noch leistungsstärker als Martines, erhellt die unterirdische Anlage gut hundert Meter weit. Sie machen sich auf in südöstliche

Richtung, dabei unterhalten sie sich nur flüsternd. Noch einmal muss Justus schlucken: Als ihm seine Begleiterin berichtet, wie mühelos sie in das Tunnelsystem eingedrungen ist. Keine Minute vom Hauptwanderweg zur Ruine entfernt befinde sich eine Art Erdhöhle, größtenteils überwuchert, ein ehemaliger Entlüftungsschacht, nimmt sie an.

„Und ich schleppe Werkzeug mit mir rum, als wollte ich in die Staatsbank einbrechen!", registriert Justus bitter.

„Tja."

„Woher, um alles in der Welt, wussten Sie das?"

„Weiterführende Literatur, mein Bester. Manchmal schadet es nicht, sich ein wenig eingehender mit unserer kulturellen Überlieferung zu befassen."

Justus grunzt durch die Nase. Er hat ihn beinahe vermisst, diesen wie mit Chlor versetzten, scharf reinigenden Humor der Madame Rouauld.

Immer wieder bleiben die beiden stehen um zu lauschen. Bis auf ein fernes Brummen, das sie beunruhigt, ist nichts zu vernehmen. Die Gänge sind leer. Nichts, kein Gegenstand, der etwas erzählen könnte, liegt auf dem Boden herum, kein abgenutztes Kleidungsstück, kein Schräubchen. Die beiden verstummen wieder. Immerzu wandern sie geradeaus. Allmählich gewinnt der Gedanke an Bedeutung, dass die gesamte Strecke rückwärts noch einmal zurückgelegt werden muss.

Justus unterbricht das Schweigen. „Martine, können Sie sich wirklich vorstellen, dass die noch hier unten sind? Lennart, die Hunde – und Arlette?"

„Wäre ich sonst in diese Gruselkammer runtergeklettert? Ich weiß es doch nicht, Justus. Vielleicht geht's mir wie Ihnen – ich muss hier weitermachen, weil ich nichts anderes habe. Vor allem bereitet mir Sorge, dass wir immer noch nicht den geringsten Hinweis haben, in wessen Gewalt sie sich befinden könnten. Keine Lösegeldforderung, nichts."

Zum ersten Mal glaubt Lieberstein aus Rouaulds Sätzen etwas herauszuhören, was nach Lüge klingt. Schnell hat sie abgelenkt, aber nicht schnell genug. Hm ... Zumindest hält die Gute etwas zurück, so viel ist sicher. Damit wäre auch seine Verschwiegenheit entschuldigt; ob er ihr von diesem Jaulen im Felsen erzählen wird, lässt er bis auf Weiteres offen. – Nach abermals einigen hundert Metern endet der Weg an einer Wand. Justus befühlt die Steine, beklopft sie.

„Die ist nicht original Maginot, wenn ich mich so ausdrücken darf. Hohlblocksteine wie aus dem Baumarkt, sehen Sie? Also nachträglich eingezogen, gar keine Frage."

„Sonderbar. Was kann das bedeuten?" Martine leuchtet die Fugen zwischen den Steinen ab und macht sich ihre eigenen Gedanken. „Was jetzt? – Links oder rechts?" Abwechselnd schaut sie in die beiden engen Tunnel hinein, die vor der Mauer abzweigen.

„Normalerweise hätte ich vorgeschlagen, wir teilen uns auf. Aber dann sagen Sie bestimmt wieder ..."

„Pscht!" Martine hält sich den Zeigefinger vor die Lippen.

Justus wispert: „Haben Sie was gehört?"

„Ich dachte. – Nein, da ist nichts."

Hintereinander schieben sie sich den linken Stollen entlang. Justus geht gebückt; tatsächlich ist es ihm im Augenblick ganz recht, nicht alleine herumstöbern zu müssen. Energisch, doch leicht humpelnd, geht Martine voran. Wenn sie sich nicht genau in der Mitte hält, streift sie mit einer Schulter die Tunnelwand. Mit einem Mal bleibt sie stehen: zugemauert, auch auf dieser Seite! Murrend macht Justus kehrt. Nun stapft er voran, die Taschenlampe wie eine Waffe vorgestreckt. Nach einer knappen Viertelstunde befinden sie sich wieder an der Stelle, von wo sie aufgebrochen waren. Keiner von beiden möchte sich eine Blöße geben; traut sich laut zu fragen, ob es nicht allmählich angezeigt sei, zum Ausgangspunkt zurückzukehren. Aber es dauert nicht mehr lange, da bittet Martine um eine Pause. Etwas scheint sie zu schmerzen. Doch auf Liebersteins Nachfrage reagiert sie schroff. Unschlüssig stehen sie voreinander, zucken mit den Schultern.

Justus atmet schwer. „Puh, wenn man die Luft hier unten nicht gewohnt ist ..."

„Ich weiß nicht recht ..." Martine schnuppert. „Riechen Sie das?"

„Nein. Doch. Was ist das?"

Neben dem dumpfen, abgestandenen Geruch, der sie umgibt, seit sie unter Tage gestiegen sind, ist etwas anderes, irgendwie künstlich, chemisch Riechendes wahrzunehmen.

„Ich hab keine Ahnung. Schwefel?"

Justus zieht die Stirne kraus. „Könnte sein, ja. Also doch der Teufel persönlich. Wie finden Sie diese Lösung?"

„Lassen Sie das. Ich bin nicht abergläubisch. Nur im Augenblick."

„Kommt es Ihnen auch so vor, dass dieses Brummgeräusch lauter geworden ist?"

„Jetzt, wo Sie's sagen ..."

Nach einigen Minuten, die sie, angestrengt ausspähend, horchend und riechend, sich voranschieben, stellen sie fest, dass Geruch und Geräusch wieder schwächer werden. Eben will Martine vorschlagen, noch einmal dorthin zurückzukehren, wo die Sinneswahrnehmungen am stärksten waren, da macht sie eine Entdeckung:

„Stop, Justus. Sehen Sie das?"

„Was? Wo?"

Martine beleuchtet etwas Winziges, silbrig Glänzendes am Boden. Sie bückt sich und hebt es auf. Im Gegensatz zur Finderin hat Justus keine Idee, worum es sich handeln könnte.

„Wissen Sie nicht, was das ist?"

„Ganz und gar nicht. Sagen Sie es mir."

„Eine Niete. Eine Niete aus einem – Hundehalsband."

Ein Hitzeschwall überläuft Justus. „Glauben Sie ... Nein! Könnte es also sein ... Darauf wäre ich nicht gekommen."

„Kein Wunder." Martine schnaubt verächtlich. „Ihre Augen hatten, meine ich, andere Ziele, als wir bei der bekloppten Mystikerin waren."

Justus schneidet eine Fratze.

„Diese Hündchen, ich bin mir sicher, die trugen doch solche Halsbänder, nicht?"

„Könnte sein."

„Schauen wir weiter. Vielleicht finden wir noch etwas."

Die nächste Entdeckung macht Lieberstein. Just an der Stelle, wo der schmale Gang seitlich abknickt, ragt ein Rohr aus der Wand. Er geht in die Hocke, betastet das gerundete Eisen.

„Martine –?"

„Was denn?"

„Es ist warm."

„Wirklich?" Sofort kniet sich Martine zu dem Ratlosen und befingert ihrerseits die armdicke Röhre. „Sie kennen sich doch aus mit so was ... Ist das auch nicht aus Vorkriegsproduktion?"

„Ich glaube nicht, Martine. Um genauer zu sein: auf gar keinen Fall. Das glänzt ja noch richtig."

Wiewohl er gegen eine unangenehme Vorausempfindung, die sich aus dem niemals versiegenden Vorratssee der Furcht speist, ankämpfen muss, schlägt Justus vor, dem Rohr bis zum Ende zu folgen.

„Was glauben Sie, was ich gerade vorhatte? Sie gehen vor."

Lieberstein gehorcht. Nach und nach wird der Boden uneben, die Wände aber bleiben in demselben Abstand zueinander. Das Rohr wird in Abständen von wenigen Metern durch Flansche zusammengehalten und per Metallhaken in einer Höhe von wenigen Zentimetern an der Mauer entlanggeführt. Noch einmal steigt der Gang leicht an – da endet er unvermittelt an einer Tür. Drumherum ist unbehauenes Gestein, worin das Rohr verschwindet.

„Justus, würden Sie noch einmal Ihren Kompass konsultieren. Oder hat ihr Handy Empfang?"

„Kein Pünktchen."

„Gut, dann bitte. Ich habe so eine gewisse Ahnung, wo wir sind."

Martine leuchtet ihrem Begleiter, als er Karte und Kompass zu Rate zieht. Mit vor Staunen geweiteten Augen blickt er sie an: „Nein ..."

„Ich habe es befürchtet. Andererseits, jetzt wissen wir wenigstens Bescheid."

„Wir sind mitten im Krappenfelsen. Er ist wirklich hohl. Das ist ... das ist eine echte Story!"

„Führen Sie sich nicht auf wie ein Klatschjournalist. Ich fürchte, wir sind immer noch am Anfang der Geschichte. Außerdem gibt es ein Problem. Leider."

„So? Welches denn?"

„Ich kann nicht mehr laufen."

Mit verzerrtem Gesicht erklärt Rouauld, sie sei mit dem linken Fuß umgeknickt, vorhin, an dieser neuen Mauer. Bis hierher habe sie sich den Schmerz verbissen. Jetzt aber spüre sie bei jedem Auftreten eine so grelle Pein, dass sie sich den Fuß am liebsten abschrauben würde.

„Das tut mir sehr leid, Madame."

Justus bemüht sich, jedwede Ironie aus seiner Stimme zu verbannen. Eifrig sucht er in seiner Tasche herum. Bald wird er fündig. Er entnimmt dem geräumigen Behältnis ein kleines Täschchen und ein Werkzeug.

„Wusste gar nicht, dass der Notfallbeutel noch hier drin ist. Sehen Sie, Männer haben eben Vorahnungen. Bitte, Sie können gern auf der Tasche Platz nehmen. Ruhen Sie sich ein bisschen aus."

Martine murmelt einen knappen Dank und lässt sich ächzend nieder. Als Justus ihr den Schuh von der Ferse zieht, jammert sie wie ein Schulkind, dem der Hausmeister Jod in die Schürfwunde tropft.

„Entschuldigung."

„Keine Ursache. Au!"

„Sie haben aber auch allen Grund, sich zu beschweren. Der Fuß ist ganz furchtbar angeschwollen. Hoffentlich nicht gebrochen."

„Ja, hoffentlich."

Wie benommen von den Schmerzen, die so unerwartet über sie hergefallen sind, überlässt sich Martine der Obhut Liebersteins. Noch bevor er (durchaus fachkundig) einen Mullverband anlegt, reicht er ihr eine Metallflasche mit Wasser. Behutsam tupft er kühlende Salbe mit einem Stück Watte auf die Schwellung. Wieder und wieder erkundigt er sich, ob es noch auszuhalten sei – ein richtiger Papa.

„Machen Sie nur. Sie sind zu gütig."

„Ich bitte Sie! Ich hab so lange keinen Druckverband mehr angelegt ... Glauben Sie, das ist in Ordnung?"

Während Martine vorsichtig ihren Fuß befühlt und Justus ein nur leicht vergiftetes Kompliment macht, so viel Feingefühl und medizinisches Geschick habe sie ihm nimmermehr zugetraut, wendet er sich bereits der Tür zu, die in den Felsen eingelassen ist. Sämtliche Kanten untersucht er genau, versucht seine Zange dazwischenzupressen, zieht am Knauf und drückt dagegen.

„Seien Sie vorsichtig, dass sie nicht nachgibt. Sonst fallen sie noch raus."

Justus legt sich auf den Rücken. Mit den Füßen versucht er, die Stahltür nach draußen zu schieben – erfolglos.

„Ich verstehe überhaupt nicht", gibt er keuchend kund, „wie dieses Ding da in der Wand befestigt ist. Vielleicht eine Schiebetür, keine Ahnung. Verdammt! Geht's Ihnen besser?"

„Ein wenig. Justus, haben Sie eine Idee, was hier los ist? Bitte! Mir geht das auf die Nerven: Wir dringen vor, sammeln Fakten, lassen nichts unversucht ... und nicht die geringste Idee, kein Zusammenhang, ich werde noch verrückt!"

„Ehrlich gesagt", grübelt Lieberstein, „mir geht's nicht besser. Ich habe aber den Eindruck, nein, weniger: das ungute Gefühl, dass die ganze Zeit jemand in der Nähe ist. Und ich vermute, dass unser Aufenthalt hier nicht auf allzu große Gegenliebe stößt. Und da ist noch etwas, was ich Ihnen sagen muss ... aber erst später."

Martine schaut ihn fragend an. „Na gut. Dann verrate ich Ihnen auch etwas." Zögernd greift sie nach der ausgestreckten Hand und lässt sich hochziehen. Mit äußerster Vorsicht setzt sie einen Fuß auf den Boden. Hinkend bewegt sie sich vorwärts. Schon nach wenigen Schritten stößt ihre oft und oft bewiesene Willenskraft an natürliche körperlichen Grenzen.

„Wenn der Gang breiter wird, da vorne“, bietet Justus an, „kann ich Sie stützen.“

„Sie glauben gar nicht“, presst Martine hervor, „wie gerne ich auf Ihr Angebot zurückkomme.“

Über eine Stunde lang, unterbrochen von Pausen in immer kürzeren Abständen, mühen sich Rouauld und Lieberstein durch die Gänge. Wieder vernehmen sie das Brummen, wieder bemerken sie diesen undefinierbaren Gestank. Zweimal wählen sie die falsche Abzweigung, worüber sich Justus mehr ärgert als Martine. Als sie endlich aus dem Schacht kriechen, verschrammt und verdreckt und geschwächt zum Niedersinken, ist es längst Nacht. Am schwersten fällt es der Verletzten, die Böschung zum Parkplatz hinunterzusteigen. Es tut ihr wohl, wie fest ihr Justus den Arm hält.

„Können Sie fahren, Justus?“

„Ich glaube nicht, dass ich's verlernt habe.“

„Gut. Hier ist der Schlüssel. Sie bleiben heute Nacht bei mir. Es steht noch eine Couch im Nebenzimmer. Einverstanden?“

Der ermattete Helfer hat nichts dagegen einzuwenden. In den vergangenen Stunden ist diese Fremdheit, die zwischen den beiden von Beginn an herrschte, merklich abgeschmolzen.

„Was das Beste ist“, keucht Martine, als sie sich auf den Beifahrersitz schiebt, „ich hab noch was im Kühlschrank.“

Eine Viertelstunde später muss sich die Gastgeberin für ihr schlechtes Gedächtnis entschuldigen. Vom Sofa aus, den vertretenen Fuß, in dem der Schmerz heftig trommelt, auf einen Stuhl gebettet, dirigiert sie Lieberstein, der zwei Gläser, Tellerchen und Besteck nebst einer Packung Käsegebäck aus

Martines Schrankkoffer holt. In einem Extrafach entdeckt er zwar ein beachtliches Stück Roquefort, eine Scheibe Fasanenterrine und etwas Trüffelsalami – die versprochene Hasenkeule aber bleibt unauffindbar.

„Hm, ich muss sie gestern Nacht aufgegessen haben, aus Versehen. Wissen Sie, manchmal hab ich die Befürchtung, ich leide an Fresssucht."

„Ganz meinerseits." Justus, der sich bemüht, seinen Bewegungen etwas butlermäßig Gewandtes zu geben, serviert die verlangten Schmerztabletten, öffnet das Fenster und zieht eine nachtgekühlte Flasche Crémant hervor. „Ich glaube, dabei handelt es sich um eine der lässlichen Sünden."

„Ah, Sie denken schon wieder an Arlette", droht ihm Martine. „Wissen Sie nicht mehr, was das Kind über die kleinen Hunde gesagt hat?"

„Doch, ich erinnere mich. Besonders gefährlich, nicht wahr? Wöff-wöff!"

„Ja. Vor allem für Herren in reifem Alter."

„Das hat sie nicht gesagt."

Als Martine das Glas erhebt, überrascht sie den Gast mit dem Angebot, das ‚Du', welches ihr am Tag des Kennenlernens schon einmal, infolge der Weinprobe, entschlüpft sei, zu erneuern; die Rettungsaktion vom heutigen Abend verunmögliche es ihr nunmehr, die Form vor den Anstand zu stellen.

„Martine."

„Justus."

„Sie sind doch ein ganz feiner Kerl, manchmal."

„Ihr Charme macht mich erröten", feixt Justus.

Nicht nur Martine zuckt von Zeit zu Zeit zusammen, auch Justus laboriert an seinen Verrenkungen und Abschürfungen, überdies macht sich ein ausgewachsener Muskelkater bemerkbar. Schließlich beanspruchen die lukullischen Genüsse – von Martine als „frugal bis hin zur Unhöflichkeit" gescholten – die Aufmerksamkeit der Französin und des Deutschen. Als Justus erfährt, dass der Crémant aus der „Maison Jülg" im nahen Seebach stammt, erwägt er, baldmöglichst ein bisschen einkaufen zu gehen.

„Sobald ich wieder kriechen kann. Sie können ... du kannst wohl ein paar Tage lang nicht aufstehen."

„Das werden wir noch sehen."

Erst als das letzte Krümelchen aus der Käsekekspackung herausgefummelt, die erste Gitane angezündet wurde, wendet sich das Gespräch wieder den bislang so unbefriedigenden Forschungsergebnissen zu. Endlich überwindet sich Justus, den Moment zu schildern, als er glaubte, seine Nerven versagten allmählich ... als der Felsen ... bellte!

„Ich habe mir so etwas in der Art gedacht", reagiert Martine gelassen. „Du hast ganz deutlich auf etwas reagiert. Das konnte man sehr gut erkennen, von unten."

„Es tut mir leid", verteidigt sich Justus, „aber ich wusste nicht, was du von mir denkst, wenn ich so einen Quatsch von mir gebe. Außerdem ..."

„... wolltest du den Vorsprung nicht gleich wieder aufgeben, den du doch immerhin unter Einsatz deiner Gesundheit herausgearbeitet hattest."

Justus blickt unter sich. Martine bittet ihn, keine Reue zu simulieren; sie selbst habe ebenfalls etwas zu beichten. Nachlässig weist sie auf den Katalog, der auf ihrem Schreibtisch liegt. Dass die Gefilde um den Fleckenstein auch nach dem Zweiten Weltkrieg noch militärischer Nutzung unterzogen wurden, sei ihm bekannt?

Nein.

Dass es sich dabei vorwiegend um Belange gehandelt habe, die vor der Bevölkerung geheim gehalten wurden, ebenfalls nicht?

Nein.

Es entsteht eine Pause. Die beiden rauchen, blicken ins Nichts. Dann ist es an Lieberstein, die Vermutung auszusprechen.

„Wer da in den Gängen der Linie Maginot herumkrabbelt, wissen wir nicht. Dass etwas im Krappenfelsen vorgeht, haben wir heute bewiesen – unter herben Verlusten, gewissermaßen." Andeutungsweise prostet er der Verletzten zu. „Liegt doch auf der Hand, dass zuerst der bedauernswerte Lennart von der Aue und sodann seine über alle Maßen entzückende ..."

„Bla, bla, bla ..."

„... Freundin Arlette Choquet jemanden gestört haben, der etwas betreibt, was niemand wissen soll."

„Ich bin nicht zufrieden", entgegnet Martine. „Im Gegensatz zu vielen anderen Flecken im Nordelsass ist hier doch immerhin etwas Tourismus. Warum sollte jemand das Risiko eingehen, entdeckt zu werden?"

„Bislang ist ja überhaupt niemand entdeckt worden. Es funktioniert doch! Bis auf ein paar Waldgeister hegt doch niemand hier Verdacht ..."

„Das ist richtig. Die Voraussetzungen sind wohl gar nicht so schlecht. Bleiben zwei Fragen."

„Ja, bitte?"

„Was findet im Felsen und dahinter eigentlich statt? Und: Wer ist dafür verantwortlich? Wir, die Franzosen? Die Armee? Oder am Ende Leute von außerhalb ... Deutsche ... Terroristen ... international operierende Verbrecher ..."

„Mit der Klärung dieser Fragen“, wirft Justus ein, „dürfte auch einhergehen, ob wir darauf hoffen dürfen, die Vermissten noch einmal zu Gesicht zu bekommen.“

„Zumindest lebendig“, nickt Martine. Über ihren Augen bilden sich wenig optimistische Gedankenfalten.

Maison Jülg

„Dies ist ein Herbsttag, wie ich keinen sah ..." Für romantische Gedichte gilt Justus Lieberstein nicht unbedingt als Experte, doch an solchen Tagen fällt sogar ihm bisweilen eine Zeile aus jenen Zeiten ein, da man sich mehr Muße gönnte, um sich in die changierenden Stimmungen von Land und Wetter hineinzuempfinden. Seit gut einer Stunde aber erlebt der vielfach lädierte Radler am eigenen Leibe die heilenden Kräfte der Natur, von denen Dichter wie Friedrich Hebbel nicht aufhören konnten, ihrer mit Alltäglichkeiten befassten Mitwelt zu künden. Mit Sicherheit trägt zu der plötzlichen Aufgeschlossenheit für die Schönheit der nordelsässischen Hügellandschaft bei, dass Justus kaum einmal in die Pedale treten muss – zu mehr als zu saumseligem Dahingleiten wäre er heute auch nicht in der Lage. Vom Gimbelhof bis nach Lembach hinunter ist es sowieso kein Problem; doch auch später, als er in die silbrig duftende Ebene hinuntersegelt, stellt sich nur selten eine Anhöhe der berauschten Fahrt entgegen. Wohin er auch blickt, es glänzt und glitzert – die Drähte zwischen den Reben, die Trauben selbst, die Wege in den Weinbergen, dahinter das Rheintal, angefüllt mit einem gelbgoldenen Dunst, der die Höhenkämme des Schwarzwalds in der Ferne sanft erahnen lässt.

Noch bis zum späten Vormittag war an solche Erlebnisse nicht zu denken. Justus hatte eine böse Nacht. Immer wieder wachte er auf, von zwickenden Schmerzen an den verschiedensten Stellen aufgestört ... oder aber von scheußlichen Bildern, erstickenden Vorahnungen belästigt und am Schlaf gehindert. Wenn man älter wird, so kam es ihm vor in diesem beständigen Hin- und Herschwanken über die Traumgrenze weg, schwingt man sich ganz ohne Absicht zum – teils angeödeten – Kommentator des Traumgeschehens auf. „Nicht schon wieder", so hörte er die eigene Stimme, indes er, idiotischerweise vollkommen unbekleidet, eine Schutthalde hinaufkroch. „Da vorne wird's bestimmt mal wieder enger und ich bleibe stecken", prognostizierte er den Fortgang der nächtlichen Angstvision, die ihn folgerichtig in einen Schacht voller Getier und Kadaver führte. Weiter hinten erkannte er Zähne. Aber sich mannhaft loszureißen, aufzustehen, mit einem gewalttätig starken Kaffee den Bilderwust auszulöschen, fehlte ihm ganz und gar die Energie. So blieb er liegen bis neun, immer wieder auf der Suche nach einem Fleckchen, das vom Nachtschweiß unbefeuchtet geblieben wäre.

Der Blick ins Wohnzimmer konnte ihn keineswegs fröhlicher stimmen. Längst schon saß – oder lag – Martine, gekleidet in einen erschreckend vielfarbigen Morgenrock, am Frühstückstisch, hatte die Beine hochgelegt und blickte durch eine flache, ungünstig sitzende Brille über die Zeitung hinweg. Sie schien elend.

„Guten Morgen, Justus, bitte sprechen Sie mich nicht an."

Die gestrenge Dame war also wieder mal beim Sie angelangt. Beleidigt schnodderte der Abgewiesene: „Hatte ich auch gar nicht vor. Ich frühstücke unten."

Sie schien nichts dagegen zu haben.

Während des Morgenkaffees erhielt Justus ausreichend Gelegenheit, seine Blessuren zu zählen. Insgesamt waren es sieben leichte und fünf schwere, macht zusammen zwölf. Der Blick durch die Terrassenfenster des Gimbelhofs endete nach wenigen Metern. Wie nannte man solche Nebelballungen in seiner Heimat? Erbsensuppe! Diesen Hohn hatte das herrliche Gericht dem Fußball gewidmeter Samstage wahrlich nicht verdient ... Verdammt, er gehörte in eine Klinik! Oder zumindest in ein Thermalbad. Ein paar Worte scherzte er mit der Kellnerin, dann beschloss er, seine Tasche zu holen und hinüber nach Deutschland zu radeln. Ein Tag im Bett – das war die einzige Lösung. Eventuell würde er sich so weit herablassen, dass er die Wirtin um eine Wärmflasche bat. Mit einem Gefühl des tiefsten Missbehagens strich er durch die hölzernen Eingeweide des Gasthofs, stieg unter Qualen die Stufen hoch – und verharrte von Martines Tür.

„Komm doch rein."

Finsterer Gesinnung betrat er das Zimmer. Da saß sie immer noch, inzwischen offenbar ein klein wenig aufgehellt. Als er sich schweigend ins Nebenräumchen verziehen wollte, um seine Sachen zusammenzusammeln, sprach sie ihn an, wie von Weitem, matt, aber belustigt über seine zur Schau getragene Düsternis.

„Bitte sei nicht beleidigt, ich kann noch gar nicht denken. Mir tut alles weh. Ich glaube, mir ging's seit Jahren nicht so schlecht. Entschuldige. – Aua."

Umgehend war Justus bereit, alles zu vergeben, selbst Übeltaten, die sie gar nicht verbrochen hatte. Doch als er sich zu ihr setzen wollte, begriff er rasch, dass Martines Morgenfreundlichkeit eher hinauskomplimentierenden Charakter hatte. Sie einigten sich auf morgen früh. Dann würde man sehen, ob man zum entscheidenden Vorstoß fähig wäre.

„Ich werde mal meine Reiseapotheke plündern", plante Martine. „Wenn du willst, kann ich dich abholen."

„Mal sehn. Ich ruf dich an. Gute Besserung."

„Gleichfalls."

Als er in die Morgenfeuchte hinaustrat, schauderte es Lieberstein. Sein Fahrrad, das er unter der Linde geparkt hatte, war klitschnass. Mit seinem Taschentuch rieb er den Sattel trocken und schaltete sofort den Hilfsmotor ein. Doch statt ohne Umwege auf den Fleckenstein zuzuhalten, gondelte er ziellos auf den knirschenden Wiesenwegen der Hochebene umher ... und gelangte so zu diesem Hinweisschild

Lembach
Wissembourg

Ideenlos starrte er eine Kiefer an, ließ die Augen nach oben wandern und stellte fest, dass es sich dort keineswegs um diesen beklemmenden, eiskalten Vogesendampf handeln konnte, der ihm die Finger klamm werden ließ. Nein, da droben wehte es leise, eine Art Blau schien sich ins Grauweiß zu mischen. Es dauerte eine Weile, bis sein überfordertes Handy die Wettervorhersage geladen hatte: wolkenloser Sonnenschein! Wenn das wahr wäre ... oh ja, dann könnte er sich irgendwo da unten in die Wärme legen, sich den ganzen Tag lang bescheinen lassen, von allen Seiten, bis er wieder zu sich käme. Darauf hatte er jetzt bei Weitem mehr Appetit als auf eine Rückkehr ins von Waldbergen umstellte Hirschthal. Für den entscheidenden Schub sorgte wiederum ein Straßenschild. Neben anderen, ihm unbekannten Orten stand da „Seebach" zu lesen. Handelte es sich hierbei nicht um jenes lobesame Örtchen, aus dem der erquickende Crémant stammte, den ihm Martine des Nachts zur Genüge eingeflößt hatte?

Über Wingen, Climbach, Cléebourg gondelte Justus talab, bog vor Rott in die vor allem dem Grauburgunder holden

Weinlagen um Oberhoffen, Steinseltz, Riedseltz ein, war begeistert von den leidlich unverbauten Dörfern hierzulande, von den sandsteinernen Kirchen, dem Blumenschmuck ... und zeigte sich erstmals enttäuscht, als er sich eine zäh gestreckte, gebogene Steigung nach Seebach hinaufarbeiten musste: Wo war denn der Wein hingekommen? Alles Ackerland ringsum. Keine Reben! Sollte er sich getäuscht haben? Mal sehen.

Als er in den Ort einfährt, beginnt es Mittag zu läuten – das unfehlbare Zeichen, den Zuckerhaushalt auf irgendeine Weise aufzubessern. Die „Rose“ ist das erste Lokal, das ihm auffällt. Rose, so denkt er bei sich, das klingt immer gut. Andererseits, Lamm, Ochse oder Krone hätten es für den Augenblick auch getan.

Einen Teller voll schlupfriger Münster-Ravioli später (nebst zweier Gläschen Auxerrois, eingenommen auf der Terrasse des Landgasthofes) begibt er sich hinüber zur „Maison Jülg“. Der Wirt selbst hat ihm den Weg gewiesen; kaum zwei Gehminuten liegt der Fachwerkhof entfernt. Justus schiebt sein Rad, die Beine schmerzen mit einem Mal wieder unmenschlich. Mit Verwunderung registriert er die Einwohner, wie sie den Bürgersteig vom letzten Krümelchen Alltag freischrubben. Ja, es ist Samstag. Ein Samstag im Elsass! Ach, hier weiß noch ein jeder, ist sich der Tourist sicher, wozu er da ist: denn das Wochenende gehört den Genüssen, der Zubereitung guter Speisen, der Vorfreude, dem Beisammensein. Und dem Wein natürlich. Das Hoftor steht offen. Ist das aber hübsch hier: strahlendes Schwarz-Weiß ringsum, altes Kopfsteinpflaster, Pflanzkübel aus Sandstein. Und in der Mitte ein Tisch, auf dem Wein- und Sektgläser funkeln. Wer sagt's denn, müder Geselle? Wage dich näher!

Kaum hat Justus das Fahrrad abgestellt, wird er vom Hausherrn schon herangewunken: „Setzen Eich mol, ich hol noch e Glas."

Ohne zu zögern kommt der Neue der Aufforderung nach. Ein Herr um die Achtzig räumt bereitwillig seine Tasche von einem Klappstuhl. Des Weiteren befinden sich am Tisch: des Winzers Gattin (manchmal), ein Fabrikantenehepaar aus Metz (offensichtlich schon länger dabei), eine Sommelière aus Freiburg (betont kenntnisreich), ein beseligter Italiener und eine Abteilung Weinbrüder unbekannter Herkunft. Es braucht anderthalb Probeschlückchen Crémant, und Justus Lieberstein gehört der Wein-Familie auf Zeit unhinterfragbar an. Derartige Zusammenkünfte sind bei Weitem ersprießlicher als sämtliche Versammlungen von Verwandten, Kollegen oder Nachbarn – nicht etwa, weil es sich um Fremde handelt, die einfach höflicher miteinander umgehen, sondern einzig und allein, weil der Wein humorvolle Menschen um sich versammelt, die gerne leben und den anderen auch was gönnen. Nebenbei erfährt Lieberstein Peter Jülgs Geschichte, wie er, anlässlich eines Ernteeinsatzes, sein Studium aufgab, um sofort und für immer dem Charme einer – seiner – Elsässerin zu erliegen („Der Härrbscht war so lau, un die Frää war so schee ..."). Bis es ihm aber gelang, als deutscher Winzer in der neuen Heimat akzeptiert zu werden, du lieber Himmel, den Weg zu diesem Olymp hatte der elsässische Bacchus mit mancher Fallgrube versehen ...

Justus kann ebenfalls manch skurrile Geschichte zum Thema Lebens- und Liebesträume beisteuern, wenngleich meist ohne Happy End. Dann und wann bricht einer aus der Tischgesellschaft auf, nimmt ein paar Kistchen Wein mit ... und verspricht, in Bälde wiederzukehren. Beinahe verpasst

Jülg die Auslieferung einer transnationalen Bestellung nach Bad Bergzabern. Den wehmütigen Blick des erschöpften Radlers deutet er richtig.

„Soll ich Sie e Stickel mitnemme?"

„Oh ja. Oh nein ... mein Fahrrad!"

„Ach, des schmeiße mir hinte drauf."

Den Lieferwagen, ein praxisnahes Modell ohne alle ästhetische Überheblichkeit, steuert der geborene Pfälzer mit Schwung. Er erzählt vom Betrieb seines Bruders in einem Ort mit dem poetischen Namen Schweigen. Ganz so still, fügt er hinzu, gehe es dort allerdings selten zu. Es handle sich um ein Top-Weingut mit einer Original-Forsthaus-Weinstube, wo von der Großmutter höchstpersönlich der herrlichste Handkäse der Pfalz geformt werde ... Justus versieht den Hinweis mit mehreren inneren Ausrufezeichen. Nahe der unsichtbar gewordenen Grenze kommt es so weit, dass Lieberstein – freilich ohne den Zusammenhang zu nennen – einige Abenteuer der vergangenen Tage zum Besten gibt, die er eigentlich für sich behalten sollte. Vor allem die Verstauchungen und Schürfwunden, die er sich beim Klettern zugezogen habe, schildert er recht plastisch.

Sogleich wartet der Crémant-Spezialist, offenkundig Lebensberater im Nebenberuf, mit einem Vorschlag auf: „Ja, da könnt ich Sie ja gleich am Thermalbad abliefere."

Der Geplagte erinnert sich prompt, dass er noch am Morgen so etwas in der Art mit heißer Lust ersehnt hatte. Nach einem von gegenseitigen Dankesbekundungen geprägten Abschied schließt Justus sein Elektrorad mitten im Kurgebiet an. Schon bevor er sich in die duftende Hitze des Thermalwassers begibt, fühlt er sich ansatzweise geläutert; was birgt doch diese Gegend für eine Fülle an Gastfreundschaft und

Genussvermögen! Selbstverständlich hat er abermals eine Großbestellung Gewürztraminer und Crémant in die Heimat aufgegeben, begleitet von einem Aufgebot leichterer Silvaner. In der Therme sucht sich Justus umgehend die heißeste Stelle mit der kräftigsten Massagedüse aus und verharrt regungslos zwei Stunden lang. Der Wundschmerz, vom salzigen Wasser mächtig angefacht, lässt bald nach. Nur dieser Nackenverrenkung kommt man so rasch nicht bei.

Gimbelhof II

Der Gefangene setzt sich zurecht, lehnt den Rücken an die Steine, den Schreibblock auf den Knien. Er schreibt vorsichtig, um die Mine nicht abzubrechen:

Noch eine Anhöhe müssen die Transporter überwinden, dann ist der Verhau erreicht. Für Außenstehende kaum wahrnehmbar öffnet sich hinter der Biegung die Einfahrt. Alle Handgriffe sind eingeübt. Das Gatter gleitet nach oben, die Transporter rollen hinein. Als sich das Tor halb geschlossen hat, steigen zwei Uniformierte vom letzten der Gefährte herunter, ziehen eilig Tarnmaterial vor, lassen die Äste, welche man zuvor seitlich angebunden hat, wieder vorschnellen. Dann eilen sie selbst hinein, und die Lücke schließt sich. – Drinnen herrscht grellste Helligkeit. Halogenstrahler sind auf die zyklopischen Lastkraftwagen gerichtet. Wissenschaftler in weißen Sicherheitsanzügen, Bürokraten in Sakkos, Helme auf dem Kopf, ein paar Militärs umrunden die neu angekommene Fracht. Sie wechseln wenige Worte. Dann gibt einer das Zeichen. Von oben her schieben sich drei Greifarme heran. Das Personal verzieht sich hinter eine gläserne Schutzwand. Automatisch werden die Luken in den abgerundeten Containern geöffnet. Dicke Schläuche kriechen wie von selbst heran und schlüpfen in die Öffnungen.

Es ist die vorletzte Phase im Plan. Noch immer kann etwas schieflaufen; in solcher Menge ist das Experiment noch nie durchgeführt worden. Eine Pumpe springt an. Jetzt hören die Anwesenden das Rauschen, gleichmäßig und hell wie von einer fernen Quelle. Die wissenschaftlichen Berater studieren die Messinstrumente. Sie scheinen zufrieden. Durch schmale und breitere Rohre wird die Flüssigkeit gepumpt, an der Decke entlang, die Wände hinab, durch steinerne Wände hindurch, in Gänge von verschiedener Breite, immer schneller, knapp über dem Boden, durch ein Tunnelsystem, links, rechts, hinunter, zehn Meter, hundert, durch den Felsen, bis es im Tal ankommt, sich in voluminösen Röhren sammelt, aus dem Berg geleitet wird, an einem Bachlauf entlang, wo kein Weg ist, nur Gehölz, dicht und stachlig. Die Flüssigkeit gelangt, aufgeteilt in mehrere Rohre, zu einem Zweckbau, teils aus Sandstein, teils Beton, wo es in Behältern abermals gesammelt wird. Von dort aus erfolgt die Verteilung. Fein dosierende, computergesteuerte Pumpen regeln die präzise abgemessene Einspeisung ins Trinkwasser.

Niemand in der Stadt hat etwas davon mitbekommen, nicht von den Vorbereitungen, nicht von der Produktion der verbotenen Substanzen, nicht von den nächtlichen Transportfahrten … und von der Weiterleitung an die Wasserwerke schon gar nicht. Ja, nicht einmal in dem Augenblick, da zum ersten Mal dem ersten Bewohner der erste Tropfen des aufbereiteten neuen Wassers über die Lippe rinnt, lässt sich irgendetwas feststellen, das vom üblichen Vollzug abweicht. Bald haben es die Menschen in Massen geschluckt, wie sie immer alles geschluckt haben und schlucken werden, ohne aufzubegehren, ohne etwas zu bemerken. Wie denn auch? Es tut ihnen ja wohl, je mehr sie davon trinken, die abgefeimten Inhaltsstoffe in sich aufnehmen, desto wohler wird ihnen. Es breitet sich eine große Zufriedenheit aus; niemand, der sich noch über irgendetwas aufregt, keiner, der sich an Unrecht und Vernachlässigung mehr stört. Das Experiment ist vollkommen geglückt, der Kreislauf geschlossen. Die Maschinerie funktioniert fehlerlos.

Ohne Zweifel, einmal mehr hat Martine Rouauld den schlechteren Part erwischt. Indessen sich ihr Mitstreiter unter den sonnigen Augen des nördlichen Elsass und der südlichen Pfalz auskuriert, gehätschelt von Winzern und Thermen, kämpft sie selbst gegen einen hartnäckigen, von Krampfschmerzen begleiteten Erschöpfungsbrechreiz an. Weder im Bett noch im Sessel noch auf dem Polsterstuhl findet sie ein Plätzchen, wo es auszuhalten wäre. An Lesen nicht zu denken. Kaffee? Eine schaudererregende Erfindung. Etwas essen? Lieber sterben. Martine versucht es mit frischer Luft, mit Bewegung, mit Zusammensinken in einer Zimmerecke. Decke drüber. Nichts hilft. Nur warten. Natürlich – die Migräne.

Ihr Ex-Mann hatte einst finster geäußert, als sie, mehr tot als lebendig, aus dem Bad gewankt kam: „Passt doch zu dir. Auch noch Migräne! Du siehst ja schon so aus."

Wenigstens ist Justus so umsichtig, nicht noch einmal aufzukreuzen. Der Gedanke, heute noch einmal eines Menschen ansichtig zu werden, am Ende gar mit so einem sprechen zu müssen, verursacht Martine zusätzliche Angstbeschwerden. Und dennoch wird sie heute zweimal Besuch erhalten, einen unliebsamen – und einen sehr unliebsamen. Es beginnt gegen Mittag, als etwas Tappendes, Schlurfendes die Holztreppe hinaufkommt. Abstoppt. Sich vor Martines Tür installiert. Und schließlich – oh gar zu große Pein! – fünfmal vehement gegen die Einfassung donnert. Der Dialog, welcher darauf folgt, hätte einem dieser Elsässer Surrealisten um 1918 mit Sicherheit Inspiration verschafft.

„Was?"

„Hallo?"

„Wer ist da?"

„Ich."

„Wer sind Sie?"

„Hallo?"

„Mensch, verschwinden Sie!"

„Darf ich reinkommen?"

„Was wollen Sie?"

Entnervt über die dröge Unerschütterlichkeit des unwillkommenen Besuchs, reißt Martine schließlich die Zimmertür auf. Es schwallt ihr entgegen – Moschus, Mäusefett, Malzessig – die Mukolina. Während Martine ihre Du-bist-es-nicht-wert-dass-du-unter-mein-Dach-gehst-Miene aufsetzt, versucht sich die Mukolina in einem Grinsen, das informationelle Superiorität und Instinktsicherheit vollkommen für sich beansprucht.

„Warum stören Sie mich?"

„Wenn Sie wüssten, was ich habe, würden Sie so nicht mit mir sprechen."

Offensichtlich hat es diese Schrätin, die der Herrgott aus Altkleidern, Moosfetzen und Unverschämtheit zusammengenäht hat, tatsächlich darauf angelegt, in Martines Unterkunft vorzudringen.

Die Migränepatientin tut nicht dergleichen. „Machen Sie schnell, ich bin krank."

„Krank? Jaja, soso", wiegt sich die Mukolina hin und her, wie es ihre Art ist. „Alle werden krank. Alle. Immer krank ..."

„Hören Sie auf damit! Lassen Sie mich in Ruhe! Wenn Sie wirklich etwas für mich haben, sagen Sie's schnell, ansonsten verschwinden Sie. Bitte."

„Oh, das ist nicht gut, das ist gar nicht gut", brabbelt die Bewohnerin des Waldes vor sich hin, und eine Ladung Schweißgeruch gesellt sich zu den anderen üblen Elementen. Der Gast lässt einen gierigen Blick an der Rouauld vorbei in das Zimmer schweifen; steht da kein Frühstück? Kein Mittagsmahl?

„Wenn Sie wüssten! Wenn Sie nur wüssten ..."

Als Martine, jäh entschlossen, die Tür zuwerfen will, bekommt sie plötzlich zwei Zettelchen in die Hand gedrückt, ekelerregend feucht und muffig. Sie blickt darauf – und ihr schwindelt noch stärker. In der Sekunde ist ihr bewusst: Dieses Schreiben steht mit den Vorkommnissen in Zusammenhang, derentwegen sie vor Kurzem diese Frau aufgesucht hat.

„Hab's am Felsen gefunden, hihi. Unterm Felsen. Dem Felsen, der den Knaben aufgefressen hat, hihi."

Geringschätzig drückt Martine der Mukolina einen Schein in die Hand. Diese blickt kurz auf, nickt – und trollt sich augenblicklich. Jetzt hätte Martine gerne noch mehr gefragt, doch die Aussicht, diesen sprechenden Bovist in ihre Stube bitten zu müssen, lässt sie davon Abstand nehmen. Wieder einmal versucht sie es im Sessel. Draußen drücken breite Füße die Treppenstufen nieder. Wie das Ausquetschen von Schrumpfköpfen klingt ihr das in den Ohren ...

Wieder und wieder an diesem Nachmittag der Qualen versucht Martine Rouauld den Text zu Ende zu lesen; sie wird nicht schlau daraus. Ihre erste Vermutung, es handle sich um einen literarischen Versuch dieses schon zu Lebzeiten sagenumwobenen Lennart von der Aue, verschwimmt alsbald. Und vermischt sich mit immer seltsameren Hypothesen, welche die Urheberin sich hüten würde, jemals irgendwem preiszugeben. Gegen Abend werden die Schmerzen leiser. Martine liegt auf dem Sofa und döst. Das handschriftliche Corpus Delicti befindet sich auf dem Couchtisch, zwischen den Zigaretten und der Morgenzeitung.

Erschöpft von dem Kampf in ihrem Körper, vermag Martine über Stunden nicht aufzustehen. Diese erbarmungslosen Schmerz-Attacken hinterlassen meist eine so unangenehme wie gefährliche Mixtur aus Schwäche und Trauer. Ja, Martine fühlt sich einsam, klein und verlassen. Dabei fiele ihr niemand ein, den sie sich herwünschen könnte. Endlich schläft sie ein. Die Brille rutscht ihr aus der Hand und fällt zu Boden. Ihr Kopf sinkt nach hinten. Der Mund öffnet sich. Sie atmet rasselnd. Es wird ihr unheimlich zumute, sie weiß nicht, ob sie träumt oder schon wieder aufgewacht ist. Diese Frau aus Sélestat kommt ihr in den Sinn – mit ihrer blödsinnigen Angst. Wie hat die das beschrieben? Sie habe manchmal den Eindruck, als nehme sie etwas mit aus dem Wald, als komme etwas oder jemand ungesehen hinter ihr her, von den Waldfelsen mit, bis hinunter in ihre Wohnung. Was kann das nur sein? Was ist die Absicht? Auf wessen Geheiß geht so etwas vor sich? Martine fährt hoch. Irgendetwas ist passiert. Ihr Leib ist schreckstarr. Ein Traum? Eine Vision? Nein, da hört sie es überdeutlich, direkt vor ihrer Tür. Dieses Scharren, das Keuchen. Die Mukolina? Was will die denn noch hier? Oder Justus? Aber so spät? Nein. Martine tastet nach ihrer Brille. Findet sie nicht. Da klopft es. Schon wieder! Einmal, zweimal.

„Wer ist da?“

Schwankend vor Müdigkeit und Unterzuckerung, hangelt sich Martine durch den halbdunklen Raum zur Tür hinüber. Ohne nachzudenken, zu entkräftet, um verärgert zu sein, dreht sie den Schlüssel. Zieht den Morgenmantel zu. Öffnet. Im nächsten Moment bemerkt sie eine huschende Bewegung. Etwas Eisiges bohrt sich in ihren Hals. Etwas Pelziges legt sich ihr über den Mund. Sie verliert die Besinnung.

Weingut Jülg

Als Justus Lieberstein den Kurbezirk verlässt, ganz und gar einverstanden mit diesem Bad Bergzabern, das er – wie lange ist das eigentlich her? – beim Erstbesuch in seiner Wirksamkeit als Kurstadt noch unterschätzt hatte, fällt ihm der Tipp des Seebacher Winzers wieder ein: Schweigen. Forsthaus! Handkäse! Das liegt doch alles ganz direkt auf seiner Strecke; zumindest könnte man dies ohne übermäßig großen Aufwand so hinbiegen. Allzu flott gehen ihm die Steigungen vor und hinter Oberotterbach allerdings nicht von der Pedale ...

Das trutzgermanische Weintor durchfährt Justus ohne patriotischen Furor, eher geduckt. Man sollte es rosa anmalen, kommt ihm eine touristisch mit Sicherheit verwertbare Idee – und den verkrampften Adler durch ein lustiges Schweinchen ersetzen. Allerdings – welch ein Glück! – belebt die „Winzergenossenschaft Deutsches Weintor" seit geraumer Zeit den herben Bau mit zwei Vinotheken und einem luftigen, zweisprachigen Restaurant. Justus bremst scharf.

Auf der großzügigen Terrasse verkostet er einen Chardonnay namens „Symphonie". Oh ja, hier scheint alles symphonisch zusammenzufließen: die Aromen des anspruchsvollen, durchaus frankophilen Weißweins, der großartige Blick über die Rheinebene ...

Mit Mühe reißt sich Justus los, endlich wieder in seinem Element. Die nächste Attraktion, unverfehlbar, ist das alte Schweigener Forsthaus; nicht zufällig, so will es die Legende, entging es den Rachegelüsten der aus dem Krieg heimkehrenden Elsässer. Die meisten anderen Häuser wurden nach altem Brauch gebrandschatzt.

Der Ermittler auf Genießer-Tour muss feststellen: Diese Jülgs scheinen eine glückliche Familie zu sein! In ebenso großer Schnelle wie am Nachmittag beim Crémant wird er im Gastgarten des Schweigener Weinguts Teil eines Expertenkreises, dessen Expertentum sich zwar auf unterschiedlichste Bereiche erstreckt (Wein, Brot, Wurst, Käse, Kochen, Weinbau, Ausschlafen, schöne Künste etc.), doch leicht unter dem Oberbegriff Südpfalz rubriziert werden kann. Zwischendurch versucht er mehrmals, Martine zu erreichen. Das Handy klingelt leer; die Gute wird sich ins Bettchen verkrochen haben. Ihrer gedenkend, erhebt Justus ein Gläschen Grauburgunder zum Abendhimmel. Wie er's aus Seebach gewohnt ist – er bleibt einfach sitzen, bis er nur noch umgeben ist von fachkundigem Winzertum, in diesem Falle von Vater und Sohn Jülg sowie einigen ortsansässigen Weinmachern von Ruf und Rang. Glücklicherweise findet sich im „Weingut Sonnenhof" bei Familie Cuntz noch ein Plätzchen für die Nacht. So steht einem ausgedehnten Abendausklang am Kamin in der entzückenden Weinstube Leiling nichts im Wege. Irgendwann zwischen Mitternacht und Morgen bringt Justus eine verwackelte SMS zustande:

„lieber martin (hihi), komme
mrogen füh aber nicht so arg früh /:
grüsse jutsus"

Immerhin, mit der Einschätzung, deutlich später als ursprünglich geplant bei Martine einzutreffen, lag der Genussmensch richtig. Was haben die aber auch für gute Weine hier unten! Wer da teilnahmslos weiterzöge, müsste sich dereinst von seinem Schöpfer ernste Nachfragen gefallen lassen ... Den Plan, in Wissembourg etwas zum Frühstück einzukaufen, verwirft Justus in Anbetracht der vorgerückten Stunde. Den wie unter einer Honigglasur schimmernden mittelalterlichen Ort ungern verlassend, tritt er maßvoll in die Pedale. Ein lauwarmes Buttercroissant mampft er direkt aus der Tüte. Justus freut sich, als er aus der grellen Ebene hinaus ist; die Waldluft tut seiner ermatteten Physis wohl. Der frisch aufgeladene Akku hält bis zum Gimbelhof, ein Glück. Auf der Toilette bringt sich Justus einigermaßen in Ordnung ... und bezieht – immerhin bedingt einsatzfähig – vor Martines Pensionszimmer Stellung.

Das ist aber seltsam: Auf sein Klopfen reagiert sie nicht. Sämtliche Versuche, sie telefonisch zu erreichen, sind ebenfalls gescheitert. Von Ahnungen bedrängt, drückt Lieberstein die Klinke nieder. Martine hat nicht abgeschlossen. Ihr Köfferchen, ein paar Bücher, Schmuck, zwei Gläser und eine Teetasse, halbvoll, stehen auf zwei Tischchen herum. Am Schrank hängt eines ihrer gefürchteten Kostüme.

„Martine? Bist du im Bad?“

Vor dem Sofa findet der Eindringling zwei zerknitterte Zettel. Die Schrift sagt ihm nichts. Sonderbar. Justus steckt die Blätter ein und begibt sich hinunter ins Restaurant, wo er bei einer Tasse Kaffee den rätselhaften Text entziffert. Ein sachdienlicher Hinweis? Ganz gewiss. Aber worauf? Niemand aus dem Gimbelhof scheint Martine an diesem Tag gesehen zu haben.

„Vielleicht ist sie früh ausgegangen, um den Morgen zu genießen?“, vermutet die Bedienung.

„Dann wäre sie doch längst zurück ...“

Justus pochen die Schläfen. Ihm wird heiß. Nervös schaut er sich um. Er lässt den Kaffee stehen, stürzt nach draußen, ohne konkrete Absicht. Nachdem er vor dem Hof mehrfach auf- und abgetigert ist, ohne jede Hoffnung, die Gesuchte komme in Kürze munter über die Wiese zurückflaniert, wählt er die Nummer der Lembacher Polizei. Man scheint nicht sogleich zu wissen, um wen es sich bei dem Anrufer handelt. Schließlich wird er mit einem Inspektor verbunden, dessen Stimme ihm bekannt vorkommt. Doch der Beamte wiegelt ab; man solle noch ein wenig zuwarten. Nur weil zwei junge Leute vorübergehend untergetaucht seien, heiße das ja noch lange nicht, dass eine Dame in reifem Alter ...

„Wissen Sie, was ich jetzt mache?“, unterbricht ihn Lieberstein ungewohnt barsch, „ich wechsle die Seiten und rufe ein paar Kumpels von der Presse an!“

Dem Seufzen am anderen Ende der Leitung folgt etwas Dialektgefärbtes, das Justus nicht zu dekodieren vermag. Eine Dreiviertelstunde später fährt ein nachtblauer Citroën vor, dem zwei Herren entsteigen. Dem aufgeregt Wartenden sind sie unbekannt. Seltsamerweise tragen sie zivil. Justus misst dem keine Bedeutung bei. Wortkarg folgen sie ihm auf Martines Zimmer, schauen sich – vergleichsweise desinteressiert – ein wenig um. Das beständige Schulterzucken macht Justus aggressiv. In rasch hingeworfenen Sätzen schildert er die Beobachtungen, die er und Martine unter Tage gemacht haben. Parallel ziehen die Beamten die Brauen hoch.

„Sie haben sich Zugang zur Maginot-Linie verschafft?“

„Ach was, wir wollten da gar nicht rein“, haspelt Lieberstein drauflos, „da ist so eine Stelle im Wald, wir haben ganz was anderes gesucht, aber ...“

Wieder dieses tadelnd-besorgte Hochziehen der Brauen.

„Warten Sie ... Kommen Sie mit!“

Siegesgewiss führt Lieberstein die Zivilpolizisten zu der zugerankten Stelle, dem naturnahen Einstieg, den Martine Rouauld ausfindig gemacht hatte während ihrer Recherchen.

„Jetzt bitte ich Sie aber“, setzt er mit Nachdruck hinzu, „dass Sie sich alles ganz genau ansehen – und mir dann sagen, was Sie davon halten. Und was hier eigentlich vor sich geht.“

Der schlankere der Männer wendet sich um. Achselzuckend betastet er den von Justus angepriesenen Zugang.

„Aber ... da ist gar nichts.“

„Was?“

Fassungslos springt Lieberstein über den Graben, schiebt den Beamten beiseite – und schrickt zurück. Statt der morschen Holzklappen verschließt eine nagelneue Metallplatte den Eingang. „Unglaublich! Bis gestern war da noch ...“ Als er in die Augen der beiden merkwürdig unengagierten Herren blickt, stoppt Justus seinen Gefühlsausbruch; es kommt ihm unmittelbar zu Bewusstsein, dass sie ihn für geistig verwirrt halten könnten, zumindest für augenblicklich stark überlastet.

„Es muss ... es muss ein anderer Eingang sein, entschuldigen Sie. Vielleicht habe ich mich geirrt ...“

Unangenehm väterlich entgegnet ihm der Gemütlichere der beiden: „Das kann ja mal passieren, nicht wahr? Wenn Sie den richtigen Eingang in das Labyrinth Ihrer Träume wiedergefunden haben, rufen Sie uns einfach an, ja?“

Aus dem Augenwinkel erkennt der Gedemütigte ein ironisches Schmunzeln in den Gesichtern der Polizisten. Unverständliches murmelnd, treten sie den Rückzug an. Grußlos streben sie dem nachtblauen Wagen zu. Und lassen Justus stehen wie einen Trottel.

„Das gibt's doch nicht", murmelt er vor sich hin. Er kommt sich vor wie ein Pensionär bei der Betriebsweihnachtsfeier, der bemerkt, dass niemand in der Firma mehr Wert auf seine Ausführungen legt.

Keine Stunde später ist Lieberstein zurück. Seine Verunsicherung, sein Kleinmut sind zorniger Entschlossenheit ... und für ihn nicht untypischer Überstürztheit gewichen. In seinem Kletterrucksack befinden sich jede Menge schweres Werkzeug, zwei Taschenlampen sowie ein beinahe fabrikneues Arwen 37-mm-Kaliber-Gewehr aus britischer Produktion zum Abfeuern von Gummiwuchtgeschossen. Die für den Privatbesitz verbotene Waffe ist ein Beutestück aus einer Occupy-Demo, das er jüngst einem Mülheimer Aktivisten zu einem fairen Preis abgehandelt hat. Fünf Schuss nebst vier CS-Gas-Patronen, hoffentlich reicht das.

Unbekümmert, ob es nicht ein wenig naiv sei, ganz allein ein solches Höhlensystem erstürmen zu wollen, nähert sich Lieberstein eilenden Schritts jener Stelle, an der er kurz zuvor eine schwere Niederlage einstecken musste. Ohne zu zögern setzt er einen handlichen Makita-Metallschneider an. Das ist zwar laut, aber unvermeidlich. Justus staunt, als die Abdeckung recht bald nachgibt und ohne Kraftaufwand nach innen weggetreten werden kann.

„Nicht mal richtig Mühe gebt Ihr Euch? Na wartet."

Der Eindringling muss sich orientieren: Durch welchen dieser Gänge verläuft noch mal dieses verdächtig warme Rohr? Das Gewehr in der einen, die Taschenlampe in der anderen Hand, schreitet Justus energisch aus. Seine Züge sind verzerrt vor Ärger. Eine Lust kommt ihn an, am Erstbesten, der ihm begegnet, seinen Zorn abzureagieren. Die Gelegenheit dazu kommt schneller als erwartet. Kaum hat er die bewusste Röhre wiedergefunden, vernimmt er Schritte. Freilich, viel zu unvorsichtig hat er sich durch den Gang bewegt; erst als er niederkniet, um das – erkaltete – Metall zu befühlen, ist es still genug, damit er andere Geräusche als die eigenen überhaupt vernehmen kann. Justus bewegt sich nicht. Er schaltet die Lampe aus und zielt mit dem Gewehr in die Richtung, in der er den Unbekannten vermutet. Es gilt! Jetzt wird er hier unten mal den großen Lichtschalter anknipsen!

Es sind zwei Sicherheitsleute, die um die Ecke biegen. Als sie nahe – fast schon zu nahe – an ihn herangekommen sind, knapp bevor ihn der doppelte Lichtstrahl erreicht, schaltet Justus seine Stabtaschenlampe wieder ein.

„Sofort stehen bleiben!“, schreit er mit Überzeugungskraft in der Stimme.

Die Männer, kurzzeitig erstarrt, schauen einander an. Und greifen nach ihren Pistolen. Justus schießt dreimal schnell hintereinander. Den einen trifft er am Kopf, den anderen zuerst am Arm, dann auf der Brust. Während der Erste bewusstlos zu Boden geht, hebt der andere ein fürchterliches Geschrei an. Diese Gummigeschosse haben keine Knautschzone, durchaus nicht. Sie drücken dem Opfer die Eingeweide ein, zerschmettern auch mal kleinere Knochen. Fern von jeder Mitleidsabsicht eilt Justus zu dem Schreienden und hält ihm die Gewehrmündung an die Schläfe.

„Halt die Schnauze! Wo habt Ihr Martine? Wo sind die anderen?“

Offensichtlich bemüht sich der Wachmann um eine Antwort, trotz der Schmerzen. Doch die Sprache des kräftigen, korpulenten Mannes ist Justus vollkommen unbekannt. Per Zeichensprache fordert er den Liegenden, der sich jammernd den Brustkasten hält, dazu auf, sich zu erheben und ihm zu zeigen, wonach er sucht. Tatsächlich rappelt sich der Verletzte etwas hoch – da vernimmt Justus mehrere Stimmen und Schritte zugleich. Was er im nächsten Moment erblickt, verwundert ihn mehr als all das Wundersame, das ihm in den letzten Tagen schon in genügender Menge begegnet ist: Ein Trupp Männer kommt rasch auf ihn zu – allesamt in Weiß gewandet, weiße Mützen auf dem Kopf.

„Verdammt, die Weißkappen!“, realisiert er eben noch, als sich von hinten etwas Weiches um seinen Mund legt und sich etwas Eisiges in seinen Hals hineinbohrt.

Es war zu der Zeit, als ein paar reiche Säue darangingen, unsere fragile Demokratie in die Luft zu jagen und den Staat unter sich aufzuteilen. Der Krieg der Reichen gegen die Armen hatte begonnen; über den Ausgang konnte kein Zweifel bestehen. Unsere Gruppe ...

„Arlette, bitte, ich kann doch nicht schreiben, wenn du so auf mir hängst.“

„Du gehst mir auf die Nerven mit deiner ewigen Schreiberei!“

Beleidigt macht sich Arlette Choquet von ihrem Liebsten los. Die jederzeit zu Panikattacken aufgelegten Hunde springen in der Sekunde auf und veranstalten den wüstesten Zinnober. Arlette schluchzt. Lennart von der Aue wirft seinen Schreibblock zu Boden und flucht. Und Martine Rouauld, so weit wie möglich entfernt ins andere Eck des unterirdischen Raumes gekauert, presst sich vor Abscheu die Hände gegen die Ohren. Eine matte Deckenbeleuchtung in Dunkelorange sorgt gerade eben für so viel Licht, dass die Eingepferchten einander erkennen können. Erkennen müssen! Die vergangenen Stunden, die Martine in dieser wagonähnlichen Gefängniszelle hat zubringen müssen, gehören zum Scheußlichsten, was ihr je widerfahren ist. Noch immer fühlte sie die Übelkeit des gestrigen Tages, als das Betäubungsmittel langsam nachließ ... und sie sich ausweglos eingesperrt wiederfand – in Gesellschaft zweier obszön herumknutschender junger Leute.

„Können Sie das lassen?", fuhr sie die beiden an. Dann erst erkannte sie die verschwundene Zeltbewohnerin. „Sie? Herr Jesus, darf das wahr sein?"

„Ich hab dir gleich gesagt", wandte sich Arlette an ihren Liebhaber, „die Alte wird Ärger machen. Das ist eine von diesen Fregatten, die nichts anderes zu tun haben als anderen das Leben zu vermiesepetern."

Umgehend entspann sich ein wüster Streit. Alle schrien aufeinander ein, und Martine machte die Erfahrung, dass ihre gouvernantenhafte Art, andere zurechtzuweisen, hier so gut wie keine Wirkung zeigte. „Blöde Spießertussi" war nicht das schlimmste Schimpfwort, das sie sich gefallen lassen musste.

„Aufhören! Hören wir auf!", kreischte sie schließlich in den Tumult hinein. Und tatsächlich war es plötzlich still. Da verblüffte Martine das eingesperrte Liebespaar mit der nüchternen Frage: „Können Sie mir sagen, wo ich hier eigentlich bin?"

Mit größter Verwunderung vernimmt Rouauld, dass es sich bei dem streitbaren männlichen Gegenüber tatsächlich um den seit über einer Woche Vermissten handelt. Was Lennart von der Aue zu berichten hat, beständig unterbrochen von seiner durchgedrehten Partnerin sowie dem eifrigen Gekläff der kleinen Mistviecher, verschlägt ihr zusätzlich den Atem. Doch bevor sie die Dinge zu ordnen vermag, wird das Schiebetor aufgerissen – und Justus Lieberstein, ihr temperamentvoller Kollege aus dem Rheinland, kullert betäubt in die Zelle. Bevor er die Eisentür wieder verriegelt, stellt ein Typ von der Security zwei Flaschen Mineralwasser auf den Boden. Martine will ihn zurückhalten – da rauscht die Schiebetür schon hart ins Schloss. Ohne auf das Pärchen zu achten, bemüht sich Martine um den Ohnmächtigen.

„Nicht so viel!", keift Arlette, als Martine Wasser aus der Flasche über Liebersteins Stirn gießt. „Man weiß nicht, wann man wieder welches kriegt", fügt die Schönheit etwas freundlicher hinzu. In knappen Worten erklärt sie Lennart, um wen es sich bei dem Neuankömmling handelt – und wer ihm den Auftrag erteilt hat.

Der kann ein Schmunzeln nicht unterdrücken: „Meine Alten ... Ich glaub's ja nicht."

Als Lieberstein wieder zu sich kommt, blickt er verständnislos von einem zur anderen.

„Keine Sorge, Justus. Ich bin bei dir." Mütterlich tätschelt Martine seine Hand.

„Sind Sie in der Lage zuzuhören?", fragt von der Aue. „Ich war gerade dabei, Ihrer Kollegin zu erzählen, was ich hier schon alles erleben durfte.

„Ich denke schon", keucht Justus. „Das würde mich wirklich sehr interessieren. Autsch." Seine Augen tasten hinüber zu Arlette, die sich wie ein Äffchen an ihrem Liebsten festklammert.

So umfassend wie möglich instruiert Lennart von der Aue die Mitgefangenen. Justus hält sich die klopfende Stelle am Hals, Martine befeuchtet ein Taschentuch mit Mineralwasser (sehr zum Ärger von Arlette) und legt es sich auf die Stirn.

Beim Klettern also, wiederholt der höfliche junge Mann, sei er einen Moment lang aus dem Gleichgewicht gekommen, als sich plötzlich – was für ein Schreck! – unter seinem Griff etwas gelockert habe ... dann sei etwas aufgegangen, neben ihm ... und mit einem Mal habe er in ein schwarzes Loch hineingeblickt, wo vorher nur Felsen war. In Panik, augenblicklich abzustürzen, griff er in die Lücke, bekam Halt und hievte sich hoch. Durch den Schwung, mit dem das Türchen von außen aufgestoßen wurde, als er den Griff falsch setzte, sei es daraufhin mit Wucht zurückgeschnalzt, habe ihm dabei fast die Finger abgerissen und sei ins Schloss gefallen. Alle Versuche, es wieder zu öffnen, schlugen fehl. Er war drin. Es war dunkel, bis auf vier schmale Lichtritzen um die Tür herum und ein diffuses Glimmen. Nach und nach gewöhnte er sich an die Dunkelheit und interessierte sich für das Innenleben dieses merkwürdigen Felsens – zu diesem Zeitpunkt noch keineswegs befürchtend, dass er nicht wieder hinausgelangen würde.

Immer wieder wechseln Martine und Justus erstaunte Blicke. Arlette lässt die Augen sinken und zieht eine der Wolldecken, die im Raum verteilt auf dem Boden liegen, zu sich heran. – So sei er, berichtet von der Aue in vorbildlichem Französisch, durch mehrere Gänge gekommen, immer auf der Suche nach einem Ausgang. Freilich habe er sich sehr gewundert über die Vielfalt dieser Installationen unter der Erde. Irgendwann sei es ihm gedämmert, dieser Aufwand der Apparate stehe wohl im Zusammenhang mit der Ligne Maginot; doch die vielen seltsamen Geräusche, die Vermutungen einer befreundeten Aktivistin, in diesem Gebiet gehe ganz aktuell etwas vor, was vor den Augen der Öffentlichkeit verborgen bleiben sollte, ließen ihn weiterforschen. Schließlich habe er eine weißlich schimmernde Gestalt ausgemacht. Nicht ohne Furcht sei er dem Wesen gefolgt ... und so mitten in ein Laboratorium von gigantischen Ausmaßen gelangt. Noch in der Sekunde habe man ihn entdeckt, mit Schlägen traktiert und gefesselt. Seither liege er hier in diesem Verhau. Die Wachleute seien nicht unfreundlich, doch keiner habe ihm bislang erklärt, was man mit ihm vorhabe. Inzwischen sei er zu der Auffassung gelangt, die Gegenseite wisse das auch nicht so genau. Dreimal täglich bekomme er zu essen und zu trinken, gar nicht mal so schlechte Qualität.

„Auch Wein?“, fragt Justus, wie aus tiefem Schlummer hochschreckend.

„Natürlich nicht. Wasser, Saft.“

„Um alles in der Welt ... Wir müssen hier raus!“

„Das habe ich auch schon versucht.“ Lennart streichelt mechanisch an Arlette hinunter.

Einmal, zu Beginn seiner Gefangenschaft, habe er einen Ausbruch gewagt. Ein längliches Steinstück habe er just beim Zuschieben der Tür dazwischengeschoben. Das schwere Tor sei nicht vollständig eingerastet – und unter Aufbietung aller Kräfte habe er sich befreien können. Zuvor, das habe er noch vergessen zu erwähnen, habe er einen der Wächter gebeten, ob er ihm nicht etwas zu lesen oder zu schreiben bringen könne, gegen die Langeweile. Seinem Zorn, ohne eigenes Verschulden seiner Freiheit beraubt worden zu sein, gedachte er in einem aufwühlenden, anklagenden literarischen Werk Luft zu machen; das vermutete Geheimnis dieser obskuren Vorgänge strebe er darin zu enthüllen. Denn freilich habe er so seine Hypothesen über den Auftrag, dem die zahllosen Wissenschaftler in dem Labor nachgingen.

„So? Was denn?“, unterbricht ihn Martine.

„Später, später erzähle ich Ihnen alles“, bittet von der Aue um Geduld. Er erzählt mit Eifer, offenkundig nicht unfroh, außer Arlette zwei weitere Zuhörer und Schicksalsgenossen bekommen zu haben. Zwei Seiten seines Textes seien eben fertig gewesen, als ihm der Ausbruch aus der Zelle gelang. Unbemerkt sei er bis an die Stelle vorgedrungen, an der er hereingekommen war. Doch da sei nichts zu machen gewesen; im Gegensatz zum ersten Mal, als er widerstandslos hineingelangt sei, war es ihm nun unmöglich, die Klappe zu öffnen.

„Weiß ich", wirft Justus ein. „Hab ich auch schon versucht."

„So?" Lennart blickt auf. „Dann waren Sie vorher schon einmal hier drin."

„Ja, wir beide. Aber wir kamen nicht weiter", ergänzt Martine.

„Lennart, ich will nach Hause! Bitte mach, dass ich nach Hause kann", schaltet sich Arlette ein. Jetzt erst erkennt Justus, dass ihre Augen vollständig verheult sind.

„Ja, mein Lieb. Ich tu alles."

„Wir auch! Ganz bestimmt, Mademoiselle", beteiligt sich Justus an dem Tröstungsversuch.

Kurz schildert Lennart, wie er im Felsen entdeckt worden sei. Er habe sich gewehrt, mit Gesteinsbrocken geworfen, um sich getreten und so weiter. Aber der in allen möglichen Kampfkünsten geschulten Security sei er zu seinem größten Ärger sehr rasch unterlegen. So habe man ihn denn in die Zelle zurückgebracht. Seither seien die Wachen noch schweigsamer als zuvor. Manchmal sei er dem Verzweifeln nahe gewesen ... bis man ihm seine Arlette gebracht habe. Seither fühle er neue Kräfte.

„Eins ist sehr schade", schüttelt Lennart traurig den Kopf, „die ersten zwei Seiten zu meinem Enthüllungsroman hatte ich durch den schmalen Spalt im Felsen geschoben, als ich die Wachen gehört hab. Hätte natürlich lieber was geschrieben wie: ‚Hilfe, ich bin gefangen!' oder so ... Aber ich hatte ja sonst nichts dabei. Jetzt bin ich in all der Zeit nicht mehr zufrieden mit dem Zeug, das ich hier zusammenstümpere. Weil dieser geniale Anfang fehlt."

Martine will soeben etwas einwerfen, in der Richtung „Sie haben Sorgen!", da Justus unter Ächzen zwei zerknautschte Papierbögen aus der Tasche hervorzieht. „Könnte es sein, dass Sie das hier vermissen?"

Verblüfft nimmt der junge Mann die Zettel entgegen. „Das gibt's nicht! Wie kommt das in Ihren Besitz?"

Martine und Justus klären Lennart über die Zusammenhänge auf. Von einer Mukolina hat der junge Mann niemals gehört.

Die folgende Stunde lang tauschen die Eingeschlossenen ihre Meinungen über Lennarts Eltern aus; besonders günstig schneiden die Herrschaften bei niemandem ab. Außerdem werden Mutmaßungen über die Aktivitäten jener Geheimwissenschaftler angestellt. Lennart ist sich sicher, dass es sich um eine Versuchsstation für biochemische Kampfstoffe handelt – allerdings bestimmt für den Einsatz gegen die eigene Bevölkerung.

„Woher wollen Sie denn so was wissen?", zweifelt Martine.

„Ganz am Anfang hatte ich die Gelegenheit, etwas mitzuhören, was ..."

Weiter kommt Lennart im Augenblick nicht. Krächzend wird die Schiebetür geöffnet. Einmal mehr trauen Martine und Justus ihren Augen nicht: Der lächelnde Herr, der im Türrahmen erscheint, ist beileibe kein Unbekannter.

„Der Tropenforscher!", bricht es aus Justus heraus.

Martine erinnert sich sogar an seinen Namen. „Monsieur Koechlin! Ich bin mehr als erstaunt, Sie hier unten ..."

„Das kann ich mir vorstellen. Es tut mir leid", beginnt der Besucher, dieses Mal in einen dunkelgrauen Straßenanzug mit hellem Mantel gekleidet.

„Es tut Ihnen leid!", fährt Arlette auf. „Wenn Sie für das hier verantwortlich sind, reiße ich Ihnen die Ohren ab!"

„Oh nein, Mademoiselle, das wäre wirklich ungerecht." Koechlin sieht sich um, ob er irgendwo Platz nehmen könnte. Hinter ihm wird das Tor verschlossen. Er bleibt stehen. „Glauben Sie mir bitte, ich bin nicht aus dem Grund hier, Sie gefangen zu halten, eigentlich aus einem gegenteiligen ..."

Immer wieder muss Lennart Arlette zurückhalten, die ihr Temperament kaum mehr zu zügeln vermag. „Uns zu kidnappen, alle sechs! Für so was sollte man die Todesstrafe wieder einführen!" Die Hundchen begleiten den Vorschlag mit einem Geheul, als werde das Urteil bereits in nächster Nähe vollstreckt.

„Was Sie da sagen ..." Daniel Koechlin blickt zwischen Martine und Justus hin und her, die sehr wohl begreifen, dass es für den Augenblick besser wäre stillzuschweigen, damit endlich jemand Aufklärung in die düstre Angelegenheit bringt. „Also, es hätte ja leicht Sie selbst treffen können."

„Was denn? Mich? Uns?" Arlette ist außer sich. Mit Gewalt nötigt Lennart sie zurück auf ihren Sitz, sonst wäre die Erzürnte mit ihren Fingernägeln über Koechlin hergefallen.

„Arlette, jetzt spielen Sie nicht schon wieder verrückt. Bleiben Sie sitzen, verdammt noch mal, und hören Sie an, was der Herr zu sagen hat." Martine gibt ihrer Stimme einen schneidenden Ton. Tatsächlich verstummt Arlette augenblicklich; allerdings zieht sie eine böse Fratze und sendet Hassblicke in alle Himmelsrichtungen.

„Danke, Madame, vielen Dank", nickt Koechlin Martine zu. Es sei nun einmal leider so, dass eine unglaubliche Verkettung von Umständen zu dieser misslichen Situation geführt habe, bei der es nicht ganz leicht sei, sogleich einen Schuldigen zu ermitteln.

Koechlin pausiert einen Moment um festzustellen, ob die Gefangenen ihm folgen können.

Lieberstein befürchtet einen erneuten Ausbruch Arlettes: „Sicher, Monsieur Koechlin, bitte erzählen Sie schnell weiter, Sie können sich nicht vorstellen, wie gespannt wir sind."

In der Tat stehe ein technischer Defekt am Anfang, erläutert Koechlin mit Behutsamkeit. Es habe in der Nacht, bevor Lennart von der Aue ungewollt in den Krappenfelsen eindrang, eine Verpuffung in einem Nebenlabor gegeben. Man habe sämtliche Lüftungsklappen öffnen müssen – selbst die selten gebrauchte im Felsen, einem ehemaligen getarnten Beobachtungsstützpunkt übrigens. Die Klappe gelte seit Langem als zu riskant, weil von außen einsehbar; darum sei sie selten benutzt worden und wohl genau aus diesem Grunde beim Verschließen nicht recht eingerastet. Man dürfe sich sicher sein: Weder die Security-Leute noch die Forscher hätten gewusst, was sie mit Herrn von der Aue anfangen sollten! Ja, bis jetzt bestehe dieses Problem fort – und zwar in verschärfter Form.

„Hätten Sie uns nicht alle entführt, wäre das ja wohl anders!" Den Zwischenruf kann sich Arlette nicht verkneifen.

„Nun, entführt ... Von Ihrer Warte aus haben Sie sicherlich recht. Aber das war ja die Schwierigkeit: Je mehr Sie in der Sache unternommen haben (dabei blickt er Martine und Justus an), desto heikler wurde sie für die Auftraggeber wie für die ausführenden Organe. Deshalb hat man mich hierher geschickt. Als Spezialbeauftragter der nationalen Gendarmerie hatte ich eigentlich die Aufgabe, Sie zu beobachten, wenn möglich zu schützen und gleichzeitig dafür zu sorgen, dass hier die Forschungsarbeiten reibungslos weitergehen können."

„Forschung!", quiekt Arlette. „Was für eine Forschung, verdammt noch mal? Und warum mich? Ich hab doch gar nicht herumgeschnüffelt!"

„Nein, das ist richtig. Aber Sie waren das Zentrum der Aufmerksamkeit. Wären Sie bloß verschwunden, dann hätte man die Angelegenheit anders regeln können. Und schneller, denke ich."

„Sagen Sie", verschafft sich Martine Gehör, „diese Wissenschaftler hier, sind das denn keine Franzosen?"

„Da fragen Sie schon fast zu viel. Ich darf Ihnen verraten, auch ein paar Franzosen sind darunter, ja. Aber das Projekt ist multinational, unterliegt der höchsten Geheimhaltungsstufe ... und wird außerdem privat finanziert. Sie können sich nicht vorstellen, wie kostspielig das alles hier ist!"

Einen Moment lang herrscht kopfschüttelndes Schweigen. Daniel Koechlin lehnt sich sachte nach vorn. „Ja, was machen wir denn jetzt mit Ihnen? Haben Sie einen Vorschlag?"

Lennart von der Aue grunzt durch die Nase, Martine blickt spitzmündig zu dem Gendarmen hinüber, Justus nickt versonnen.

Und Arlette Choquet wartet mit einem innovativen Vorschlag auf: „Werfen Sie uns doch alle vom Felsen runter, das ist es doch, was Sie am liebsten wollen, stimmt's?"

„Was mich anbetrifft, Mademoiselle ..."

„Man sagt nicht Mademoiselle."

„Ich habe die besten Konditionen für Sie ausgehandelt, die überhaupt möglich waren."

„Ja, dann können wir ja jetzt alle nach Hause, oder?“ Lennart, dessen Fitness die Zeit unter Tage deutlich zugesetzt hat, kann sich selbst nicht zwischen Hoffnung und Ironie entscheiden.

„So einfach ist das natürlich nicht.“ Koechlin greift in seinen Aktenkoffer und zieht vier mehrseitige Papierbögen heraus. „Sie sind ja jetzt sozusagen – ungewollt von beiden Seiten – Geheimnisträger geworden. Damit unterliegen Sie gewissen Pflichten. Außerdem müssen Sie sich darauf einstellen, einige Unliebsamkeiten ...“

„Bitte?“ Jetzt ist es an Martine, die Contenance zu verlieren. „Verwechseln Sie da nicht etwas? Schließlich sind nicht wir es, die ...“

Koechlin schneidet Ihr das Wort ab. „Aber das wissen wir doch alles. Und das ist es ja gerade, was für Sie spricht.“

„Aber“, echauffiert sich auch Lennart, „warum erst jetzt? Das hätten Sie mir doch schon gleich, nachdem ich hier gelandet bin, vorlegen können!“

„Nun ...“ Der Spezialbeauftragte wählt seine Worte mit Bedacht. „Es gab auch andere Meinungen. Verstehen Sie mich?“

„Wollen Sie damit ausdrücken“, erkundigt sich Lennart mit einer Stimme, die frei ist von allem Heldentum, „dass man mich umbringen wollte, weil ich in ein Loch geklettert bin?“

„Sehen Sie, an dem Projekt, von dem die Öffentlichkeit nichts weiß noch wissen darf, sind sehr unterschiedliche ... äh Organisationen beteiligt. Anfangs überwog wohl tatsächlich die Auffassung – ich sage Ihnen das, um die rettende Intervention der französischen Seite hervorzuheben –, die Auffassung also, man solle kurzen Prozess machen.“

Aufschluchzend verbirgt Arlette den Liebsten unter Küssen.

Der Abgesandte reibt sich die Stirn. Er blickt in verständnislose Augen. „Es tut mir leid, ich habe nicht die Zeit, Ihnen sämtliche Zusammenhänge zu erklären, ich darf das auch gar nicht, mehr noch; ich selbst bin ganz bestimmt nicht in alle Details eingeweiht. Aber so viel ist klar: Die Angelegenheit hat nicht zuletzt militärische Relevanz. Militär bedeutet in gewisser Hinsicht immer Krieg, nicht wahr? Ob nun aktiv oder latent. Sie wissen, wie man früher mit Geheimnisverrätern ..."

Es erhebt sich ein Proteststurm, den der Redner ignoriert. „... mit Geheimnisverrätern umgegangen ist, selbst wenn sie vollkommen unschuldig waren. Was glauben Sie, wie viele Opfer der Verhältnisse zu beklagen sind, die einfach nur irgendwo hineintölpeln, die nur Pech haben, sonst nichts? Dergleichen gibt es eben auch – und sehr viel häufiger, als unsere Geschichtsbücher glauben machen. Wenngleich man diesen Kollateralschäden meines Wissens bislang kein Denkmal gebaut hat."

„Die Verhältnisse ..." Martine sieht Koechlin durchdringend an. „Darf ich davon ausgehen, dass Sie uns die Verhältnisse, die Sie meinen, nicht näher beschreiben werden?"

Der Angesprochene versucht ein Lächeln. „Ja, Madame. Sie dürfen. Ich lasse Ihnen die Papiere hier. Lesen Sie sich alles in Ruhe durch. Aber wie gesagt, erwarten Sie keine weitere Aufklärung über Dinge, die Sie nichts angehen."

„Stop!" Martine hält den Experten am Arm zurück. „Wenigstens eins möchte ich noch erfahren: Welches Monster hat mich in meinem Zimmer überfallen?"

„Oh", schmunzelt Koechlin, „das Monster war ein Kollege, der von uns allen für seine Behutsamkeit geschätzt wird. Er trug einen extrem anschmiegsamen Schallschutz-Handschuh – eine humane Erfindung."

„Und dieses furchtbare Pieksen?", mischt sich Justus ein.

„Ein handliches Elektroimpulsgerät, eigens weiterentwickelt, um den Schmerz zu dämpfen. Im Gegensatz zu diesen entsetzlichen Generatoren, die Ihr Land so erfolgreich in Folterstaaten exportiert!"

Als nach Ablauf einer Stunde Daniel Koechlin zu den vier Unglücksraben zurückkehrt, sind alle Vertragspapiere brav unterzeichnet. Natürlich hat es Diskussionen gegeben, vor allem zwischen Arlette und Martine, doch mangels echter Alternativen setzte ein jeder schon bald seinen Namen – mehr oder weniger unwillig – unter das Papier. Nur Martine machte sich die Mühe, sämtliche Nebenbestimmungen konsequent durchzulesen. Vor allem die Rubrik „Auflagen" erforderte ihr volles Konzentrationsvermögen. 46 Punkte, die Unterpunkte nicht mit eingerechnet, bestimmen von nun an einen Teil des Privatlebens der Freigelassenen, darunter sensible Dinge wie die Einschränkung der Freizügigkeit, Meldepflicht bei Urlaubsreisen, absolute Verschwiegenheit über sämtliche Vereinbarungen auch in familiärem Rahmen, stichprobenartige Kontrolle des Schriftverkehrs und so fort.

Vor allem eine Sonderbestimmung ist es, die sie aufseufzen lässt: „Sieh dir das an, Justus: ‚Bei unangemeldeten Hausbesuchen, die jederzeit möglich sind, ist den im Einsatz befindlichen Beamten in jeder Hinsicht Folge zu leisten sowie jedwede Unterstützung zukommen zu lassen.' Stell dir vor, du liegst gerade in der Wanne, und da kommt irgendsowas Uniformiertes durch die Badezimmertür und fordert dich umgehend zur Kooperation auf!"

Lieberstein faltet den Durchschlag zusammen. „Naja, das käme doch ganz darauf an. Ich kenne da eine Beamtin im Innendienst, da könnte ich mir durchaus vorstellen, in meiner Hilfestellung unmittelbar über mich hinauszuwachsen."

Martine Rouauld verdreht die Augen und sucht ihr Heil bei Daniel Koechlin, der, wie es scheint, ein wenig unsicher an einem Metallpfeiler lehnt und zu den vieren hinüberschaut.

Fest drückt sie ihm die Hand. „Wenn das so ist, wie es den Anschein hat, dürfen wir Ihnen zum zweiten Mal für unsere Rettung Dank sagen."

„Wenn Sie möchten ..." Koechlin bleibt ernst. „Aber glauben Sie mir bitte, in diesem Fall gestaltete sich die Rettungsaktion bei Weitem schwieriger als neulich an der Felswand."

„Dafür", mischt sich Justus ein, „gibt's diesmal wohl auch keinen Quittenbrand?"

„Sie sagen es."

„Wie schade!"

Cheval Blanc, Lembach

Die ersten weißen Trüffel sind am Vormittag geliefert worden. Pascal Bastian, wer hätte etwas anderes erwartet, ist jede Menge dazu eingefallen. Die Schlemmer im großen Speisesaal, an jenem speziellen Tisch zwischen Kamin und Fensternische, von dem man das in Glas eingefasste Wappen bewundern kann, haben die verschiedensten Varianten ausprobiert: als Schaum, der ein pochiertes Wachtelei umspielt; als Emulsion mit frischen Waldpilzen und Entenleber, die von sinnreicher Hand in Cannelloni appliziert wurde; gehobelt über Seehecht mit einem Frikassee von Erbsen, roten Zwiebeln und einer Jus, die alle gleichzeitig die Augen schließen ließ; endlich als Füllung in Rehmedaillons, die, beinahe noch roh, von einer so zärtlichen Konsistenz waren, wie dies selbst Martine Rouauld höchst selten, wenn überhaupt je erlebt hatte. Eine kleine Auseinandersetzung hatte es gegeben, da nach Erhalt der beträchtlichen Honorare sowohl Martine als auch ihr neuer Geschäftspartner für internationale Angelegenheiten, Justus Lieberstein, darauf bestanden, die Rechnung zu begleichen.

Schließlich war es an Martine, schulterzuckend die Nachgiebige zu mimen. „Also, wenn du unbedingt willst. Dann übernehme ich aber die Weine."

„Oh", blitzte in Liebersteins Antlitz die schiere Hinterlist auf, „bist du dir des Risikos auch vollauf bewusst?"

„Das darf man wohl behaupten, Justus, nach anderthalb Wochen intensiver Zusammenarbeit ..."

Einmal mehr bewegte man sich vinologisch von Nord nach Süd, begann mit hellen Pinots aus der Gegend um Cléebourg, gab zwischendurch den Lagen um Riquewihr den Vorzug, vollführte einen eleganten Bogen ins Burgundische, um schließlich zum Gewürztraminer vom Kammerberg zwischen Weißenburg und Schweigen zurückzukehren.

„Schmeckt wunderbar!"

Arlette sitzt mit am Tisch, folgsam wie eine höhere Tochter – was ist nur los mit ihr? Zu Martines Entzücken trägt die Kleine heute etwas geradezu klösterlich Hochgeschlossenes. Vermutlich ist dies dem Erlebnis der noch sehr frischen Trennung von Lennart geschuldet. Schon als Arlette allein die Lembacher Hauptstraße hinuntergeschlendert kam, ohne Hunde, ohne Begleiter, hätte man etwas in der Art erahnen können.

„Fragen Sie nicht", hatte sie statt einer Begrüßung von sich gegeben, mit leicht belegter Stimme, „er ist schon wieder verschwunden – der Spinner. Will sich nun ganz seinem Scheißenthüllungsroman widmen. Befindet sich, wie er meint, auf der Flucht vor den Behörden. Naja, was soll's."

Martine breitet die Arme aus. „Die Männer sind doch alle Filous, große Kinder."

Während des mehr denn dreieinhalbstündigen Abendessens kann sich Justus Lieberstein kaum beruhigen über die unerwartete Freudenbotschaft. Martine nimmt seine überschießende Wohlgelauntheit diesmal gelassen, verhält sich Arlette doch angenehm defensiv und überaus höflich. Heute ist sie nichts weiter als ein überfordertes, trauriges, dazu offensichtlich sehr hungriges Allerweltsmädchen – gut so. Als der Gewürztraminer gereicht wird, beugt sich Justus angelegentlich zur Seite, um der Schönen das eine oder andere Dessert zu empfehlen.

Doch Arlette blickt auf ihre schmale Armbanduhr und schüttelt den Kopf. „Für mich nichts mehr, vielen Dank." Den nächsten Blick sendet sie nach draußen, wo soeben ein lang gestreckter schwarzer Mercedes vorfährt. Sie geht zum Fenster, lächelt, winkt kurz in die Nacht hinaus ... und verabschiedet sich umgehend von ihren Gastgebern. Unter vielmaligen Entschuldigungen, sie habe bislang gar nicht daran gedacht zu erwähnen, dass sie abgeholt werde, lässt sie sich von Lieberstein, der mit einer verzweifelten Volte dem Ober zuvorkommt, in den Mantel helfen. Ohne auf Martine zu achten, bringt er die junge Frau zur Tür. Zwei Abschiedsküsschen, schon huscht sie zu der Limousine hinüber, wo sie ein spanisch anmutender, gut gekleideter Herr mit extrem spiegelnden schwarzen Schuhen empfängt. Im Fond toben die beiden Hündchen. Auf die Entfernung hin kann Justus erkennen, wie Arlette bei der Umarmung den rechten Fuß nach hinten abknickt. Was für ein Kitsch.

Der Verlassene zögert einen Augenblick, dann begibt er sich in den Waschraum, wo er die Stirn gegen den kühlen Spiegel senkt. So verharrt er eine Weile, nicht zuletzt aus Furcht vor Martines zersetzendem Spott ... bis ihn ein aufgedrehter Landsmann pfiffelnd aus seinen Träumen scheucht. Beim Hochschrecken spürt Justus in seiner Brusttasche etwas knistern. Im Vorraum zieht er ein Zettelchen hervor; Arlette muss es ihm beim Abschied zugesteckt haben. Unter den Worten „Wart' eine Woche" steht eine Telefonnummer. Schwankenden Schritts durchmisst Lieberstein den großen Speisesaal. Das Papierchen erscheint ihm wie ein Unterpfand, das ihm

Mut und Glauben verleiht, gegen all den Hohn, der sogleich über ihn ergossen werden wird.

Doch Martine scheint ganz andere Dinge im Kopf zu haben. „So, mein Bester, wollen wir ehrlich sein?“

„Wie meinst du das?“

„Na, wir haben doch gewettet! Wer also hat gewonnen?“

„Martine – was meinst du?“

„Jetzt tu' doch nicht so! Wem war die Zurückerstattung des genialen Söhnchens mehr wert: der Mutter oder dem Herrn Papa?“

Justus kichert übertrieben laut. Erleichtert greift er in seine Jackentasche. Martine öffnet ihr Handtäschchen. Gleichzeitig werden zwei Umschläge über das weiße Tischtuch geschoben. Gleichzeitig blicken die beiden auf so unverhoffte Weise erfolgreichen Ermittler hinein.

Martine beginnt zu strahlen. „Gewonnen! Wenn auch deutlich knapper, als ich vermutet hatte.“

Mit einer angedeuteten Verbeugung erhebt Justus das Glas. „Liebe Martine, ganz ehrlich: Ich gönn's dir. Auf die charmanteste, klügste und beharrlichste Kollegin, mit der ich jemals die Ehre hatte zusammenarbeiten zu dürfen!“

Feixend stößt Martine mit ihm an, nicht ohne hinzuzufügen. „Weil du ja so viele Kolleginnen hast, mit denen du täglich zusammenarbeitest ...“

Justus ist abgelenkt. Mit sorgenvoller Miene blickt er auf die Flasche. „Martine, das wäre aber kein gutes Omen: Der Gewürztraminer ist alle.“

„Champagner?“

„Champagner.“

Eine halbe Flasche ist geleert, da kommt Martine endlich auf das zu sprechen, was sie „die neue Situation“ nennt. Bislang, registriert sie achselzuckend, habe sie noch nicht viel bemerkt von irgendwelchen Aktivitäten, die ihrer ganz persönlichen Überwachung dienen.

„Ehrlich gesagt", stimmt Justus zu, „war ich noch nie so naiv zu glauben, das, was ich tue, ob privat oder nicht, bleibe unkontrolliert. Vielleicht sollten wir das Privileg genießen, dass wir zwei wenigstens wissen, wer uns durch die Fenster schielt ..."

Erst ganz am Ende des Abends, kurz bevor sich die beiden auf ihre Zimmer zurückziehen – der Rheinländer wiegt sich längst in Sicherheit –, kommt Martine doch noch einmal auf Arlette Choquet zu sprechen, die den Kollegen ja derart zu bezaubern vermochte.

„Siehst du, mein Lieber, so ein Geschöpf ist wirklich nett anzuschauen, das geb' ich gerne zu; aber glücklich? Glücklich macht die bestimmt nicht."

Justus nickt langsam, offensichtlich nicht vollständig überzeugt: „Auf Dauer gewiss nicht." Doch dann lächelt er sein liebenswertestes Ganovenlächeln: „Aber vorübergehend, Martine! Vorübergehend vermutlich sehr."

* * *

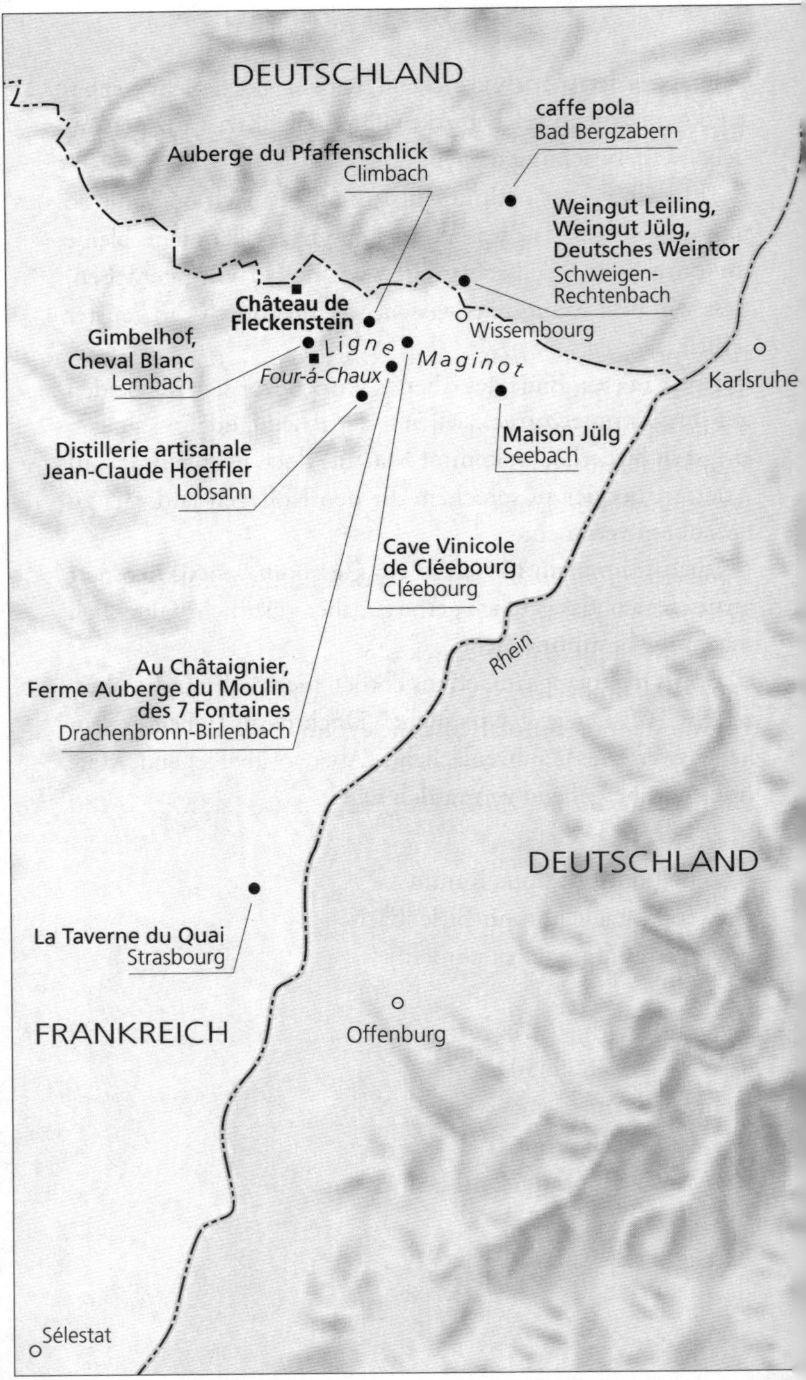

DEUTSCHLAND
caffe pola
Bad Bergzabern
Auberge du Pfaffenschlick
Climbach
Weingut Leiling,
Weingut Jülg,
Deutsches Weintor
Schweigen-
Rechtenbach
Château de
Fleckenstein
Gimbelhof,
Cheval Blanc
Lembach
Ligne Maginot
Wissembourg
Four-á-Chaux
Karlsruhe
Maison Jülg
Seebach
Distillerie artisanale
Jean-Claude Hoeffler
Lobsann
Cave Vinicole
de Cléebourg
Cléebourg
Rhein
Au Châtaignier,
Ferme Auberge du Moulin
des 7 Fontaines
Drachenbronn-Birlenbach
DEUTSCHLAND
La Taverne du Quai
Strasbourg
FRANKREICH
Offenburg
Sélestat

Amuses bouches:
Unsere Genießer-Seite!

Auberge du Cheval Blanc .... *S. 183*
Telefon +33 388944186
4 Rue de Wissembourg
F-67510 Lembach
www.au-cheval-blanc.fr

Auberge du Pfaffenschlick .... *S. 128, 131*
Telefon +33 388542884
Lieu dit Col du Pfaffenschlick
F-67510 Climbach
www.restaurant-du-pfaffenschlick.com

Brasserie Restaurant Au Châtaignier .... *S. 130*
Telefon +33 388945043
37 Rue Louis-Philippe Kamm
F-67160 Drachenbronn-Birlenbach
www.restaurant-auchataignier.fr

Cave Vinicole de Cléebourg .... *S. 34, 39*
Telefon +33 388945033
Route du Vin
F-67160 Cléebourg
www.cave-cleebourg.com

Lindemanns Bibliothek, Band 232
herausgegeben von Thomas Lindemann

ISBN 978-3-88190-810-8

www.infoverlag.de